Diogenes Taschenbuch 85/III

de
te
be

Frank O'Connor

Don Juans Versuchung

Gesammelte Erzählungen III
Aus dem Englischen von
Elisabeth Schnack

Diogenes

Deutsche Erstausgabe
bis auf die Erzählungen
›Don Juans Versuchung‹, ›Die Zukunft vor Augen‹, ›Das häßliche Entlein‹ und ›Der Idealist‹ (alle zuerst in: *Geschichten von Frank O'Connor,* Diogenes 1967);
›Die lange Straße nach Ummera‹ (zuerst in: *Die lange Straße nach Ummera,* Diogenes 1957).
Umschlagzeichnung von Tomi Ungerer

100/77/E/1
ISBN 3 257 20353 5

Inhalt

Don Juans Versuchung

»Ob ihr's glaubt oder nicht«, sagte Gussie und grinste selbstgefällig, »ich hab selber mal in einer elenden Klemme gesteckt!«

»Was war's denn, Gussie?« fragte einer. Es ist erstaunlich, wie gerne wir alle Gussie zuhören. Der Grund ist weiß Gott nicht etwa der, daß wir ihn gern haben oder ihm auch nur glauben, sondern weil in uns allen (stell ich mir vor) ein uneingestandenes Gefühl schlummert, wie mangelhaft unsre eigene Lebenserfahrung ist. Vom rein menschlichen Standpunkt betrachtet, verstehen wir natürlich unsre Frauen und Liebchen, aber der dicke Gauner versteht sie auf einer anderen Ebene, auf der wir sie nie zu sehen bekommen.

»Es war ein Mädchen, das ich mal auf einer Party bei den Hannigans kennengelernt habe«, erwiderte Gussie. »Sie war noch ganz jung, und groß und dunkel und hübsch, doch es war nicht so sehr ihr Äußeres, sondern weil sie unter all den Holzpuppen in bunten Abendkleidern so natürlich wirkte. Sie stammte aus einem Landstädtchen und hatte nicht gelernt, wie man sich anzieht und benimmt, aber egal, was sie tat oder sagte, immer schien's das Richtige und Natürliche zu sein.

Wir gingen zusammen weg, und sie nahm meinen Arm. Es war eine schöne Nacht, beinah Vollmond. Ich hatte damals die Wohnung dicht am Stephen's Green, und weil wir daran vorbeikamen, blieb ich stehen und lud sie zu mir ein. Sie zuckte ein bißchen zusammen. Wahrscheinlich merkte ich's nicht sofort, denn ich hatte schon ein paar Glas in mir.

›Um was zu tun?‹ fragte sie.

›Um über Nacht zu bleiben, falls Sie wollen!‹ antwortete ich und hätte mir am liebsten die Zunge abgebissen, sowie ich's gesagt hatte. Sogar jetzt schäme ich mich beinah noch, es zu erzählen«, seufzte Gussie. »Es war so albern von mir: wie ein Schüler, der zum erstenmal mit einem Mädchen ausgegangen ist! Ich sah es ihr an, wie sie förmlich versteinerte.

›Nein, danke‹, sagte sie. ›Ich habe mein eigenes Zimmer.‹

›Oh, bitte, Helen, bitte‹, rief ich, nahm ihre Hand und drückte sie ihr wie ein alter Freund ihrer Familie, ›Sie sind doch hoffentlich nicht beleidigt? Es war nur ein dummer Scherz! Jetzt müssen Sie wirklich zu einem Drink mit nach oben kommen und mir dadurch beweisen, daß Sie's nicht übelgenommen haben!‹

›Ein andermal‹, entgegnete sie, ›wenn es nicht gar so spät ist‹, und ich gab mich damit zufrieden, weil ich wußte, daß jedes Drängen sie nur noch mehr erschreckt hätte. Sie hatte ihre Hand wieder auf meinen Arm gelegt, aber nur, weil sie keine große Geschichte draus machen wollte. Im Grunde ihres Herzens war sie tief gekränkt. Gekränkt und überrascht. Sie hatte nicht gedacht, daß ich auch so einer wäre. Oder vielmehr«, fuhr Gussie mit gutmütigem Gekicher fort, »sie wußte, daß ich auch so einer war, aber sie hatte gehofft, es würde sich ganz allmählich äußern, so daß sie nicht mit der Nase draufgestoßen wurde.

Jedenfalls kamen wir bis zur Kanalbrücke, und dort blieb sie stehen und stützte sich mit den Armen auf die Brüstung. Ich muß gestehen, daß im Mondschein alles sehr schön aussah, aber sie dachte nicht an den Mondschein. Sie hatte ihren Schreck überwunden, und jetzt kam ihr verletzter Stolz an die Reihe.

›Sagen Sie mir doch‹, fing sie an und tat ganz gleichmütig, und als wäre sie nur in psychologischer Hinsicht daran interessiert, ›fordern Sie alle Mädchen, die Sie kennenlernen, dazu auf?‹

›Aber, du meine Güte!‹ rief ich, ›hab ich Ihnen nicht gesagt, daß es bloß ein Scherz war?‹

›Jetzt sind Sie nicht ehrlich‹, antwortete sie, stützte den Kopf auf die Arme und blickte mich über die Schulter hinweg an. Ich sehe sie noch heute vor mir – wie ihr Gesicht unter dem Glockenhut bis zum Kinn herunter im Schatten lag.

›Sind Sie's denn?‹ erwiderte ich lächelnd.

›Wieso nicht?‹ fragte sie und zuckte zusammen.

›Wollen Sie nicht zugeben, daß man Sie vor mir gewarnt hat?‹

›Doch, das stimmt‹, sagte sie, ›aber ich hab's nicht weiter beachtet. Ich nehme die Menschen, wie ich sie finde.‹

›Jetzt reden Sie wenigstens vernünftig‹, sagte ich, blickte sie an und dachte beinah väterlich: ›Eigentlich ist sie ein nettes Ding! Sie ist jetzt ein bißchen schockiert, aber mal muß sie's ja doch hören, und da kann sie's ebensogut von einem hören, der Bescheid weiß.‹

›Sie werden's mir wahrscheinlich nicht glauben‹, sagte ich zu ihr, ›wenn ich Ihnen erzähle, wie wenig Frauen mich so interessieren, daß ich sie dazu auffordere.‹

›Und die wenigen, die Sie dazu auffordern‹, fuhr sie hartnäckig fort – aber rein sachlich, versteht ihr, als erkundigte sie sich nur aus Höflichkeit –, ›kommen die dann?‹

›Einige ja‹, sagte ich und lächelte über ihre Unschuld. ›Manchmal stößt man auch auf eine Schwierige, die gleich beleidigt ist und nicht mal einen Drink annehmen will.‹

›Verheiratete Frauen oder Mädchen?‹ fragte sie in einem Ton, als müßte sie ein Formular ausfüllen. Aber das leise Schwanken in ihrer Stimme verriet sie.

›Beides‹, sagte ich. Natürlich hätt ich erwidern können, daß ich nur einer von der ersten Sorte und nicht gerade einer Unmenge von der zweiten Sorte begegnet bin, aber ich fand, wenn ihr Gesichtskreis schon mal erweitert werden mußte, dann wäre es sinnlos, sie nur bruchstückweise zu erschrecken. 's ist genau wie beim Zahnziehen. ›Warum?‹ fragte ich dann.

›Ach, nichts‹, sagte sie obenhin, ›aber jetzt wundert's mich nicht mehr, daß Sie eine schlechte Meinung von den Frauen haben, wenn sie Ihnen so ohne weiteres zufallen!‹

›Aber mein liebes, gutes Kind‹, erwiderte ich und gab ihr eine Zigarette, ›wer hat denn gesagt, daß ich eine schlechte Meinung von den Frauen habe? Im Gegenteil, ich halte sehr viel von ihnen, und je mehr ich kennenlerne, desto besser gefallen sie mir.‹

›Wirklich?‹ entgegnete sie und beugte sich über das Zündholz, damit ich ihr Gesicht nicht sehen sollte. ›Dann müssen Sie ja von mir eine jämmerliche Meinung haben!‹

›Ich kann nicht einsehen, wieso ich nur deshalb, weil ich Ihre Gesellschaft noch länger genießen möchte, eine schlechte Meinung von Ihnen haben muß‹, sagte ich, ›sogar, wenn ich mich mit Ihnen ins Bett legte! Was ich tatsächlich möchte.‹

›Sie wollen gern ohne viel Mühe ans Ziel kommen, was?‹ erwiderte sie leicht verärgert.

›Glauben Sie, es sollte mühsam sein?‹ fragte ich.

›Ich dachte, es wäre einfach üblich, daß man ein Mädchen zuerst ins Kino einlädt‹, entgegnete sie mit einer Keckheit, die selbst ein Kind durchschaut hätte.

›Vielleicht‹, erwiderte ich. ›Nur habe ich Sie nicht für die übliche Sorte Mädchen gehalten.‹

›Aber wenn's Ihnen so mühelos zufällt, wie wollen Sie dann wissen, ob es das Richtige ist?‹ fragte sie.

›Wie kann man wissen, ob überhaupt irgendwas das Richtige ist?‹ entgegnete ich. ›Sie haben ja von sich selber gesagt, Sie nehmen Menschen und Dinge, wie Sie sie finden.‹

›Es wäre aber reichlich spät am Tage, wenn man dann entdeckt, daß man sich geirrt hat!‹ meinte sie.

›Was schadet's?‹ fragte ich. ›Es passiert Tag für Tag. Ihnen auch. Sie gehen mit einem Jungen aus, und ein paar Wochen lang lassen Sie sich von ihm abküssen, und dann wird er Ihnen langweilig, und Sie geben ihm den Laufpaß. Ist doch gar kein Unterschied! Man wird deshalb kein anderer Mensch. Wenn Ihnen Leute auf der Straße begegnen, denken sie nicht: ‚Wie anders Helen heute aussieht! Man sieht's ihr an, daß sie über Nacht bei einem Mann war!' Aber wenn

Sie natürlich der körperlichen Seite solchen Wert beilegen . . .‹

›Tu ich!‹ sagte sie, und nun saß ihr der Schelm im Nacken. Ja, wahrhaftig, die kleine Range lachte! Sie fühlte sich jetzt sicher, und wenn's ums Diskutieren ging, glaubte sie sich mir wohl mindestens gewachsen. ›Ist es nicht schrecklich?‹ rief sie. ›Ich bin in der Beziehung ganz eigenartig!‹

›Ach, da ist gar nichts Eigenartiges dran‹, erwiderte ich und war entschlossen, ihr nichts durchgehen zu lassen. ›Das ist bloß Schulmädchenromantik!‹

›Weiter nichts?‹ entgegnete sie, und obwohl sie so tat, als berühre es sie nicht, konnte ich doch sehen, daß ich sie getroffen hatte. ›Sie wissen, scheint's, für alles eine Erklärung!‹

›Falls Sie das *alles* nennen wollen, mein liebes Kind, sagte ich und klopfte ihr gutmütig auf die Schulter. ›Ich nenne es Wachstumsschmerzen. Übrigens weiß ich nicht, ob Sie bei Ihrer romantischen Veranlagung überhaupt gemerkt haben, daß es hier am Kanal erbärmlich zieht?‹

›Ich habe es nicht gemerkt‹, erwiderte sie, stützte den Ellbogen auf die Brücke und sah schelmisch zu mir auf. ›Jedenfalls mag ich's gern. Und beenden Sie, was Sie mir sagen wollten! Man ist romantisch, wenn man glaubt, man müsse jemandem treu bleiben, den man liebt, was?‹

›Nein, liebes Kind, so ist es gar nicht!‹ entgegnete ich. ›Man ist romantisch, wenn man glaubt, man liebe jemanden grenzenlos, der einem eigentlich gleichgültig ist, und wenn man deshalb meint, man dürfe nie einen andern lieben. Das entspricht eben Ihrem Alter. Aber kommen Sie, sonst passiert Ihnen noch Schlimmeres!‹

Als sie meinen Arm nahm und wir weitergingen, fragte sie: ›Und Sie glauben, daß Sie nie so waren?‹

›Oh‹, erwiderte ich, ›durch die Phase müssen wir alle!‹

›Tatsächlich?‹ lachte sie, und ihr Gesicht strahlte vor Mutwillen. ›Und dabei hätte ich schwören können, daß Sie bereits so weise auf die Welt gekommen sind! Weshalb sind Sie schon so frühzeitig weise geworden?‹

›Ganz einfach‹, sagte ich. ›Ich habe eingesehen, daß ich mir selber Schwierigkeiten bereite, genau wie Sie es jetzt tun, und weil es schon genug Kummer in der Welt gibt, habe ich eingelenkt.‹

›... und er lebte glücklich bis an sein seliges Ende ... So war's doch, ja?‹ spottete sie. ›Aber wie steht's mit Ihren Mädchen? Sind die auch nicht romantisch?‹

›Nicht, wenn sie Ihre Altersstufe hinter sich haben.‹

›Also bitte‹, sagte sie und stieß mich mit dem Ellbogen, ›halten Sie mir nicht dauernd mein Alter vor! Es ist mein wunder Punkt, und ich kann kaum etwas dran ändern. Erzählen Sie mir noch mehr von Ihren Freundinnen, zum Beispiel von den verheirateten!‹

›Das ist leicht‹, antwortete ich. ›Momentan hab ich nur eine.‹

›Und ihr Mann – weiß er davon?‹

›Ich habe ihn noch nie gefragt, aber ich glaube, er findet's praktischer, es zu übersehen.‹

›Sehr entgegenkommender Mensch!‹ höhnte sie. ›Sie wissen wohl nicht, ob er einen jüngeren Bruder hat, der zu mir passen würde?‹

Ich blieb stehen. ›Jetzt reden Sie wahrhaftig wie ein Schulmädchen!‹ schalt ich.

›Wirklich?‹ fragte sie. ›Wieso?‹

›Warum sprechen Sie so verächtlich von jemand, den Sie überhaupt nicht kennen?‹ entgegnete ich und regte mich, weiß Gott, richtig auf. ›Er ist ein netter, gutmütiger Mensch. Es ist doch nicht seine Schuld, daß er und seine Frau, nachdem sie sechzehn oder achtzehn Jahre zusammengelebt haben, sich nicht mehr riechen können? Er tut für seine Familie, was er für recht hält. Sie glauben wohl, er müßte ihre Ehre verteidigen und dabei sein Leben aufs Spiel setzen?‹

›Ich habe nicht an ihre Ehre gedacht‹, antwortete sie leise.

›An seine etwa?‹ fragte ich. ›Und dann auf Kosten seiner Frau? Soll ihr Name vielleicht in den Schmutz gezogen werden, weil ein törichtes Schulmädchen findet, seine Würde sei angetastet? Da würde seine Frau wahrscheinlich auch noch ein Wörtchen mitreden! Und außerdem wäre es sehr schlimm, wenn sie ihn jetzt, wo er alt ist, verlassen würde – sehen Sie das nicht ein?‹

›Schlimmer, als wenn er sie in Ihre Wohnung gehen läßt? Wie oft übrigens?‹

›Jetzt reden Sie wie ein kleines Biest! Ja, es wäre schlimmer! Es geht niemanden etwas an, wo sie ihre Abende verbringt. Doch das Essen muß rechtzeitig auf dem Tisch stehen. Sie haben zwei schulpflichtige Töchter – die eine ist beinah ebenso alt wie Sie.‹

›Tatsächlich?‹ lachte sie wieder. ›Ob er ihnen wohl erlaubt, abends auszugehen? Und die Mutter – wie ist die denn?‹

›Großartig‹, antwortete ich (und wirklich, das war sie: eine Frau, mit der man Pferde stehlen konnte, und gutherzig sondergleichen).

›Ich möchte mal wissen, was sie sagen würde, wenn sie erführe, daß Sie mich aufgefordert haben, über Nacht zu bleiben?‹ fragte sie ganz harmlos. Oh, sie hatte eine Zunge wie eine Schlange, die Kleine!

›Ach‹, entgegnete ich nicht gerade sehr überzeugend, ›ich glaube nicht, daß Francie noch viele Illusionen hat.‹ Das kleine Biest hatte mich wirklich in die Enge getrieben, und sie wußte es. Das Unglück mit Francie war eben, daß sie noch zu viele Illusionen hatte – sogar, was mich betraf.

›Das kann sie ja auch gar nicht‹, sagte Helen. ›Aber ich – ich habe noch ein paar!‹

›Ja, Sie!‹ rief ich. ›Randvoll!‹

›Es liegt in der Familie‹, erklärte sie. ›Mum und Dad haben zusammengelebt, bis Dad starb, und Mum glaubt, er sei der einzige wirklich großartige Mann, der je auf Erden wandelte.‹

›Und ich behaupte, daß sie sich oft gründlich satt hatten.‹

›Glaub ich auch‹, nickte sie. ›Sie stritten sich manchmal wie verrückt und sprachen eine Woche lang kein Wort miteinander, und in der Zeit betrank Dad sich dauernd, und Mum sagte, ich sei greulich ungezogen, und legte mich übers Knie. Sie versohlte mich, daß ich kaum noch sitzen konnte, und doch, wenn Dad hingerekelt in seinem großen Lehnstuhl am Kamin saß, die Arme baumeln ließ und ins Feuer starrte, als wäre das Ende der Welt gekommen, dann brauchte er mir nur zu winken, und ich setzte mich auf seine Knie. Und so saßen wir stundenlang, ohne den Mund aufzumachen, und dachten bloß immerzu, was für ein Ekel Mum sei ... Aber worauf es ankommt, mein lieber Herr: sie hielten durch! Und wenn Mum an der Reihe ist, dann stirbt sie nicht mit Bedauern, denn sie weiß, daß der Boss sie erwartet. Sie geht jeden Morgen in die Messe, doch das tut sie vor allem deshalb, damit Gott sich später nicht herausreden und Unterschiede machen kann. Ich möchte nicht an Seiner Stelle sein, wenn Er versuchen wollte, das Pärchen zu trennen ... Glauben Sie, sie könnte bestimmt ...?‹

›... könnte was?‹ fragte ich. Ich weiß nicht, wie es zuging, aber die Geschichte griff mir ans Herz. Ich kannte ein Ehepaar, das auch so war.

›Sie könnte bestimmt darauf rechnen und den Boss wiedersehen?‹ fragte sie. ›Mum, meine ich?‹

›Ach‹, erwiderte ich, ›Optimismus kann nie schaden!‹

›Ich weiß‹, warf sie hastig ein. ›Das ist das Verflixte an der Sache! Aber ich glaube, es macht sie schon glücklich, wenn sie sich's einbilden kann. Sie fürchtet sich nicht so, wie wir uns davor fürchten ... Und das versteh ich eben unter Liebe, Mr. D.‹, schloß sie fröhlich.

›Ich wünsche Ihnen, daß Sie's erleben, Miss C.!‹ erwiderte ich im gleichen Tonfall.

›Das halte ich für sehr unwahrscheinlich‹, meinte sie resigniert. ›Es scheint nicht mehr viel davon vorhanden zu sein. Vielleicht fehlt's an Optimisten!‹

Als wir vor ihrer Wohnung anlangten, lehnte sie sich mit auf dem Rücken verschränkten Armen gegen das Geländer und kreuzte die Füße. Sie hatte eine herrliche Figur, die Kleine, und daß sie's nicht wußte, war gerade das Schöne daran.

›Dann gute Nacht, Sie romantische Dame!‹ sagte ich und küßte ihr die Hand.

›Gute Nacht, Don Juan!‹ sagte sie. So hatte sie mich genannt!« schloß Gussie mit einem fast mädchenhaft beglückten Lächeln. »Don Juan! – ›Wann sehen wir uns wieder?‹ fragte ich.

›Wollen Sie das denn?‹ entgegnete sie. ›So altmodisch, wie ich nun mal bin?‹

›Oh‹, erwiderte ich, ›ich habe die Hoffnung noch nicht aufgegeben, Sie zu bekehren.‹

›Phantastisch!‹ rief sie. ›Bekehren laß ich mich gar zu gern! Einmal wäre ich beinah von einem Pfarrer bekehrt worden. – Sie können ja mal anläuten!‹

›Will ich tun!‹ sagte ich, und erst als ich auf die Kanalbrücke kam, begriff ich, was für ein Esel ich war. Ich fühlte mich von Kopf bis Fuß wie zerschunden. Der Kummer mit mir war wohl der, daß mir alles zu leicht gemacht wurde. Jetzt war mir zumute wie einem Mann, der jährlich tausend Pfund verdient hat und sich plötzlich in eine Gehaltsklasse zurückversetzt sieht, wo's bloß dreißig Shilling die Woche gibt. Ich wußte, auf was ich mich mit so einem Mädchen einließ: Parkbänke und Kanalufer, auch bei Stürmen mit hundert Kilometer Stundengeschwindigkeit, und zu guter Letzt würde sie mir dann doch von einem hübschen Jungen in Uniform weggeschnappt werden.

Trotzdem fühlte ich mich sehr zu ihr hingezogen. Ich weiß nicht, was mir einfiel, denn statt die Brücke zu überqueren, wanderte ich im Mondschein am Kanalufer entlang. ›Gussie, mein alter Junge‹, sagte ich mir, ›genau das steht dir bevor, wenn du nicht aufpaßt! Mondschein und zugige Straßen statt deines schönen, warmen und gemütlichen Bettes!‹

Es war nämlich merkwürdig, aber sie erinnerte mich an ein Mädchen, das ich vor fünfzehn Jahren als Junge gekannt hatte. Ihr glaubt's mir vielleicht nicht«, fuhr er sentimental fort, »aber als Junge war ich oft sehr einsam. Mir scheint, kein Geschöpf auf Gottes Erde ist so einsam wie ganz junge Menschen. Man erwacht aus einer schönen, wohlgeordneten, erklärbaren Welt und sieht ringsumher nichts als Ewigkeit, und kein Priester oder Gelehrter oder sonst jemand kann einem was darüber sagen. Und dann noch das komische Gefühl, das ständig in einem rumort, so daß man sich nach Gefährten und nach Liebe sehnt, aber nicht weiß, wie man es stillt. Ich bin immer nachts spazierengegangen und hab in den Sternenhimmel geschaut und gedacht, wenn ich doch nur ein nettes, verständnisvolles Mädchen finden könnte, dann würde sich's alles natürlich lösen. Dann fand ich also das Mädchen, die Joan, und wanderte nachts durch die Straßen und war schon froh, wenn ich nur einen Blick auf sie werfen konnte. Sie war groß und mager und zerbrechlich wie ein Schilf und, was ich allerdings nicht wußte, völlig durchseucht von Tuberkulose. Ich erinnere mich noch an den Abend, ehe sie ins Sanatorium mußte: ich traf sie auf dem Rückweg von der Stadt, und als wir bergan gingen, stahl sich ihre Hand in meine. Ich hielt sie während des langen Heimwegs, und die ganze Strecke sprachen wir kein einziges Wort. Nach einem halben Jahr war sie tot.

Und fünfzehn Jahre später, bei Mondschein am Kanal, überkam mich das Gefühl wegen eines andern Mädchens, das mich an Joan erinnerte, und obwohl ich wußte, daß Helen dummes Zeug redete, verstand ich doch genau, was sie meinte: etwas, das größer war als das Leben und das über den Tod hinaus dauerte. Und weiß Gott, ich kam mir wie ein

Vieh vor, weil ich sie um ihre Illusionen gebracht hatte. Komisch, wie ich da im Mondschein weiterging, spürte ich auf einmal, daß ich alles, was ich je besessen hatte, dafür hingeben würde, um einer Frau gegenüber so empfinden zu können wie bei Joan. Ihr wißt wohl, was ich meine. Wenn selbst ein Sturm mit hundert Kilometer Stundengeschwindigkeit einem nichts ausmacht ...

Und dann, als ich aus der entgegengesetzten Richtung zurückkehrte, sah ich, wie der Mondschein drüben auf der andern Seite auf die Doktorhäuser fiel. Meine Seite lag in tiefen Schatten. Ich steckte den Schlüssel ins Schloß, und dann erschrak ich furchtbar. Jemand stand bei der Tür. Es war ein Mädchen, und sie lehnte sich mit einem Gesicht, das kreideweiß war, ans Geländer – als hoffte sie, daß ich sie nicht sähe. Und ich sagte mir: ›'s ist Joan!‹ und dachte: ›Nach all den Jahren ist sie wieder da!‹, und dann dachte ich: ›Also währt es doch übers Grab hinaus!‹, und es überlief mich kalt. Dann blickte ich genauer hin und sah, wer es war.

›Gott im Himmel, Helen!‹ rief ich, ›was wollen Sie denn hier?‹

›Ach‹, sagte sie leise und gab sich Mühe zu lächeln: ›Ich bin nämlich jetzt bekehrt.‹«

Eine lange Pause entstand, und dann zerriß der Bann (welcher eigentlich? Ich weiß es auch nicht), weil Gussie selbstgefällig zu kichern begann. »Die arme Kleine!« schloß er sentimental.

»Hoffentlich haben Sie sie wieder nach Hause geschickt?« fragte jemand – wahrscheinlich ein ältlicher Beamter, der selber eine Tochter hatte.

»Woher denn!« erwiderte Gussie und lachte schmierig. »Das habe ich weiß Gott nicht getan! Wofür halten Sie mich denn? Für'n blöden Menschenfreund?«

Die öffentliche Meinung

Ich weiß schon, was du jetzt denkst. Du denkst, wie nett es doch wäre, in einer Kleinstadt zu wohnen. Wie ein König könntest du hier leben, mit einem schönen Garten und einem Wagen, mit dem du jederzeit rasch mal in die City fahren könntest, wenn du Gesellschaft brauchst. Jetzt wohnst du in Dublin, Tür an Tür mit dem Postdampfer nach England, und schreibst für amerikanische Zeitungen – aber hier (so denkst du) könntest du behaglicher leben und (beispielsweise) über MacDunphy vom County Council schreiben, was dir gerade in den Sinn kommt. O bitte, ich behaupte gar nicht, daß man nicht verteufelt viel über ihn sagen kann – ich habe von Zeit zu Zeit selber dies und das gesagt. Ich meine bloß, du würdest bald nichts mehr sagen. Die Kleinstadt hat schon stärkere Männer als dich aufgerieben. Sie hat mich aufgerieben, und ich bin kein Hasenfuß, das kannst du mir glauben.

Als ich frisch hierherkam – vor etwa zehn Jahren –, hab ich genauso gedacht wie du. Damals – und das gleiche gilt beinah heute noch – gab es in der Stadt hier keinen Geschäftsmann, der eine Haushälterin unter sechzig Jahren gehabt hätte. Aus lauter Angst, was die Leute über ihn reden könnten! Und außerdem könnte dir noch auffallen, daß kein einziger von ihnen sozusagen ›glücklich verheiratet‹ ist. Sie haben sich alle zu rasch hineingestürzt – in die Ehe.

Den Fehler wollte ich natürlich nicht begehen! Als ich mir eine Haushälterin suchte, habe ich ein junges Mädchen namens Bridie Casey gewählt, ein hübsches Ding von siebzehn Jahren aus einem Dorf weiter nördlich am Meer. Und gleichzeitig ergriff ich Vorsichtsmaßnahmen. Bin eines Tages, als sie zu Hause war, in ihr Dorf gefahren und hab mir das Häuschen angeschaut, habe mit ihrer Mutter geplaudert und eine Tasse Tee angenommen, und danach brauchte ich niemanden mehr, der sie mir hätte empfehlen müssen. Ich wußte, daß alles, was Bridie nicht so gut konnte, baldigst von ihrer Mutter richtiggestellt würde. Und dann blieb nur noch eine einzige Frage.

»Haben Sie einen Schatz, Bridie?« fragte ich.

»Nein, Herr Doktor, ich habe keinen«, antwortete sie mit einer Unschuldsmiene, die mich nicht die Spur täuschen konnte. Als Arzt kennt man sich in Unschuldsmienen aus.

»Also dann beeil dich bitte, und schaff dir einen an«, sagte ich, »sonst kann ich dich nicht nehmen.«

Darüber mußte sie so lachen, als hätte ich nur gescherzt. Ich hatte keineswegs gescherzt. Eine Haushälterin oder ein Dienstmädchen ohne einen Schatz ist ebenso schlimm wie ein Huhn mit einem Ei.

»Da gibt's nichts zu lachen!« sagte ich. »Und wenn du dir einen Schatz zulegst (falls du nicht schon einen hast), dann kannst du ihm von mir ausrichten, daß er sich an meinem Bier gütlich tun kann, aber wenn ich dich je dabei erwischen sollte, daß du mir meinen Whiskey verwässerst, dann werf ich dich auf der Stelle raus!«

Übrigens habe ich mich weder in Bridie noch in ihrer Mutter getäuscht. Sie war vielleicht nicht gerade fürs Shelbourne Hotel geeignet, aber was die Kleine kochen konnte, das war gut gekocht, und alles, was sie putzte, sah gründlich geputzt aus. Und außerdem konnte sie meine Patienten besser eintaxieren als ich. Denn das kannst du mir glauben: die irischen Mädchen taugen als Haushälterinnen oder Dienstboten meistens nicht die Bohne, aber ein Töchterchen aus einem guten irischen Elternhaus versteht sich auf alles. Allerdings sah sie so hübsch aus, daß die Freunde, die zu mir kamen, Bemerkungen über uns machten, aber das war nichts als Neid. Sie hatten nicht die Courage, selber ein hübsches Mädchen in Dienst zu nehmen, aus lauter Angst, was die Leute sagen könnten. Ich wußte aber, daß sie mir nicht zur Last fallen würde, solange sie einen Schatz hatte.

Nein, was meinem glücklichen Junggesellendasein ein Ende setzte, war etwas ganz anderes. Du weißt es vielleicht nicht, aber in so einem kleinen Ort wie dem hier ist es schwer, Bargeld von den Leuten zu bekommen, wenn du die Rechnung schickst. Die geben dir alles andre, nur vom Bargeld wollen sie sich nicht trennen. Hier gilt nur, was sie ›Freundschaft‹ nennen. Wahrscheinlich haben die Kaufläden sie zu dieser Gewohnheit verleitet, denn von einem regelmäßigen Kunden wird immer erwartet, daß er in der Kreide steht, und wenn einer die Schuld jemals ganz abbezahlen würde, könnte das nur Krieg bis aufs Messer bedeuten. Natürlich glauben sie, ein Anwalt oder ein Arzt müsse auf die gleiche Art leben, und statt Geld – was bekommt man da? Geschenke! Butter, Eier, Geflügel und Fleisch – so viel, daß es eine große Familie nicht bewältigen könnte und erst recht kein Junggeselle. Freundschaft ist ja gut und recht, aber für einen Mann, der sich zu Beginn seiner Laufbahn darauf verlassen soll, ist es eine erbärmliche Sache.

Da war vor allem ein Patient namens Willie Joe Corcoran aus Clashanaddig – hab ihn voriges Jahr begraben, den armen Kerl, und seitdem ist mir schon leichter zumute –, und dieser Willie Joe schien immer zu glauben, ich sei dem Hungertode nahe. Eines Sonntags, als ich von der Zwölf-Uhr-Messe nach Hause gekommen war und zu meinem Whiskeyschrank gehen wollte, um mir einen Drink einzugießen, fiel mir ein ganz furchtbarer Geruch auf. Natürlich sind Ärzte in bezug auf Gerüche sehr empfindlich, das müssen sie sein, und ich konnte mich nicht beruhigen, bis ich festgestellt hatte, wo der Geruch herkam. Hab das Zimmer abgeschnuppert und den Flur abgeschnuppert und meine Nase sogar in die Schlafzimmer oben gesteckt, ehe ich's in der Küche versuchte. Weil ich Bridie als sauberes Mädchen kannte, hätte ich den Geruch nie mit ihr in Zusammenhang gebracht. Ich ging also in die Küche, und da stand sie in einer sauberen weißen Kittelschürze, kochte mein Essen und sah sich zu mir um.

»Was ist'n das für ein widerlicher Geruch, Bridie?« hab ich sie gefragt.

Sie verschränkte die Arme und lehnte sich an die Wand – ein kleines Ding, wie man's in sämtlichen Grafschaften Irlands nicht hübscher finden kann.

»Ich hab's Ihnen ja gleich gesagt«, hat sie mir mit ihrer hohen Piepsstimme geantwortet, »da ist die Rinderkeule dran schuld, die Willie Joe Corcoran letzten Donnerstag angeschleppt hat. Sie wird mir noch das ganze Haus verpesten!«

»Hab ich dir nicht gesagt, du sollst sie wegwerfen?«

»Ja, das haben Sie«, antwortete sie so herablassend, als sei ich der unvernünftigste Mensch von der Welt, »aber Sie haben mir nicht gesagt, wohin damit!«

»Ist denn der Mülleimer nicht gut genug dafür?« hab ich gefragt.

»Der ist gut genug«, hat sie mir geantwortet, »aber die Müllmänner kommen erst am Dienstag.«

»Aber um Himmels willen, Kind, kannst du sie denn nicht über die Gartenmauer werfen? Aufs freie Feld?«

»Aufs freie Feld?« wiederholte sie, und ihre Piepsstimme kletterte noch eine Oktave höher, wie bei einem schwindsüchtigen Sperling. »Und was würden da die Leute sagen?«

»Herrje, das weiß ich nicht, Bridie«, hab ich sie zu besänftigen versucht. »Was denkst du denn, was sie sagen würden?«

»Die sind so niederträchtig, daß sie wer weiß was sagen würden.«

Ich habe sie tatsächlich zweimal ansehen müssen, um herauszufinden, ob sie's im Ernst meint. Da stand sie, ein kleines Mädchen mit einem wahren Nonnengesicht, und deutete Dinge an, die ich mir kaum vorstellen konnte.

»Aber, aber, Bridie!« hab ich gesagt und wollte es ins Lächerliche ziehen, »du meinst doch nicht, daß sie sagen würden, ich brächte Leichen aus dem Krankenhaus mit und zerschnetzelte sie?«

»Die haben schon Schlimmeres gesagt«, piepste sie, und ich merkte, daß sie von meiner Phantasie nichts hielt. Weil du Bücher schreibst, glaubst du vielleicht, daß du allerhand verstehst, aber du solltest mal belauschen, was sich fromme junge Mädchen in so einer Kleinstadt erzählen!

»Schlimmes über mich, Bridie?« habe ich verwundert gefragt.

»Über Sie und andre«, hat sie mir geantwortet, und da hab ich doch, hol mich der Teufel, die Geduld verloren.

»Kein Wunder, daß sie's tun«, hab ich geschrien, »wenn so verdammte Dummköpfe wie du drauf achten, was sie sagen!«

Ich kann sehr ungemütlich werden, wenn ich mich aufrege, und davor hatte sie mehr Angst als vor dem, was die Leute über sie sagen könnten.

»Ich kann ja morgen früh den Botenjungen von Kenefícks holen, der kann's wegbringen! Darf ich ihm einen Shilling geben?«

»Den Shilling steck lieber in die Armenbüchse«, hab ich wütend gerufen. »Ich gehe zum Abendbrot zu Doktor MacMahon, dann nehme ich's selber mit. Wenn die Leute jemandem was Schlechtes anhängen wollen, sollen sie's mir anhängen. Ich kann's ertragen. Und eins laß dir mal gesagt sein, Bridie: wenn ich mich drum kümmern würde, was die Leute über mich sagen, dann wärst du jetzt nicht hier.«

Ich war richtig gemein zu ihr, aber ich war eben wütend. Schließlich mußte ich ja mit dem Gestank im Haus meinen Whiskey trinken und mein Mittagbrot essen, und Bridie war so bange vor mir, daß sie wie ein aufgescheuchtes Huhn um mich herumflatterte. Und als ich in die Speisekammer ging, um die Rinderkeule zu holen, kreischte sie auf, als hätte ich ihr auf die Füße getreten. »Doch nicht in Ihrem guten Anzug, heilige Mutter Gottes!« schrie sie.

»Laß nur den Anzug!« hab ich gesagt und habe die Rinderkeule in mehrere Schichten Zeitungspapier gewickelt und sie auf den Rücksitz von meinem Wagen geworfen. Es war 'ne blöde Idee. Ich hatte alle Fenster heruntergedreht, aber der Gestank war immer noch sehr stark. Ich bin wie auf Hetzjagd durch die Stadt gerast, und doch hoben die Leute auf dem Bürgersteig den Kopf und schnupperten noch eine Viertelstunde hinter mir drein.

Auch das hätte mir nicht allzu viel ausgemacht, nur ist der Sonntag mein einziger freier Tag. Es war damals, als ich noch nicht verheiratet war, und da bin ich sonntagabends fast immer zu Jerry MacMahon zum Abendessen und Kartenspielen gefahren. Ich habe gewußt, wie sich der arme Jerry drauf gefreut hat, denn seine Frau hielt ihn mit dem Alkohol sehr kurz.

Ich hab den Wagen oben auf den Klippen zum Stehen gebracht und wollte das Fleisch rauswerfen, und gerade, als ich mir eine schöne, senkrechte Stelle aussuchte, sah ich einen langen Laban von Bauern die Straße herkommen, auf mich zu. Er hatte so eine Art melancholisches Pferdegesicht und einen irren Blick. Einerlei, was mir an ihm auffiel, ich wollte ihn nicht sehen lassen, was ich vorhatte. Du findest das vielleicht komisch von 'nem berufstätigen Mann, aber so bin ich nun mal.

»Schöner Abend«, sagte er.

»Prächtiger Abend«, sag ich, »Gott sei's gedankt.« Und damit er sich nicht wegen übergroßer Neugier rechtfertigen mußte, fuhr ich fort: »Großartige Aussicht ist das hier!«

»Och«, sagt er verdrießlich und sieht bloß mit halbem Blick hin, »die Aussicht ist ganz nett, aber nicht für Leute, die damit leben müssen. Ich meine, mit der Aussicht kann man kein Geld verdienen.« Und dann legt er den Kopf auf die Seite und fängt an, mich zu mustern. Da wußte ich sofort, daß ich eine große Dummheit begangen hatte, überhaupt den Mund aufgemacht zu haben. »Sie sind wohl 'n Künstler, nehm ich an?« sagt er.

Es ist dir sicher schon an mir aufgefallen, daß ich auf

Neugier sehr empfindlich reagiere: so was geht mir auf die Nerven. Allein schon, daß ich meinen Namen unter ein Telegramm setzen muß, paßt mir nicht, und direkte Fragen hasse ich. »Woher wissen Sie das?« frage ich ihn.

»Und wenn Sie das hier malen«, sagt er und dreht sich wieder zur Aussicht um, »dann finden Sie wohl auch Leute, die so was kaufen, nehm ich an?«

»Jedenfalls hoffe ich's«, hab ich ihm geantwortet.

Er wendet sich also wieder der Aussicht zu, und diesmal betrachtet er sie so gründlich, als wäre er auf dem Viehmarkt und hätte eine Kuh vor sich.

»Für 'ne Aussicht, die so groß und breit ist, bekommt man sicher beinah fünf Pfund, sollt ich meinen?«

»Ja, und sogar mehr«, sage ich.

»Zehn?« fragt er und reißt die Augen auf.

»Noch mehr«, sage ich.

»Da hört doch alles auf!« sagt er und schüttelt resigniert den Kopf. »Soviel kann die Gegend doch unmöglich wert sein! Kein Wunder, daß Irland vor die Hunde geht. Tag auch.«

»Tag auch«, sage ich und sehe ihm nach, wie er in den Felsen oberhalb der Landstraße verschwindet. Ich habe ein bißchen gewartet, und dann hab ich gesehen, daß er hinter einem Felsen hervorlinst, genau wie ein wildes Bergvieh, und ich wußte, daß ich ihn nie loswürde, und wenn ich bis zum Dunkelwerden bliebe. Der Gedanke, daß ein Bild ebensoviel wert sein könne wie eine Kuh, hatte ihn verrückt gemacht, und wahrscheinlich dachte er, wenn er lange genug warte, könne er mir den Trick absehen und selber den Gegenwert von einer ganzen Herde malen. Über Kühe reichte sein Denken nicht hinaus. Und ich weiß nicht, welcher Teufel mich ritt, aber ich mochte ihm nicht die Genugtuung gönnen, mein wahres Vorhaben zu beobachten. Du findest es vielleicht kurzsichtig von mir, aber so bin ich nun mal.

Bin also wieder in meinen Wagen geklettert und abgehauen, runter zu Barney Phelans Kneipe draußen an der Bucht. Barneys Kneipe ist weit und breit die beste hierherum, und Barney ist eine gediegene Nummer: er ist ein großer, leicht erregbarer Mann mit wilden blauen Augen – und eine zünftige Klatschbase. Er schenkte mir ein, so schnell ich nur ein leeres Glas hinstellen konnte, nur drei- oder viermal lag's mir auf der Zunge, ihm zu sagen, was ich vorhatte. Aber ich wußte, daß er, noch ehe der Abend herum war, 'ne Geschichte für die ›Boys‹ draus gemacht hätte, und die wäre meinem Patienten Willie Joe zu Ohren gekommen. So schlimm er war, seine Gefühle mochte ich doch nicht verletzen.

Natürlich war es dumm von mir, denn als ich rausging aus der Wirtschaft, sah ich den Klippenbewohner und zwei andre Tölpel, wie sie auf den Rücksitz von meinem Wagen glotzen und das Paket anstarren. Ich hätte sie weiß Gott umbringen können. So eine unmanierliche Neugier kann ich einfach nicht ausstehen!

»Hoffentlich seht ihr was Schönes!« hab ich gesagt und den Klippenbewohner mit der Schulter beiseite gedrängelt.

Im gleichen Augenblick kommt Barney aus der Tür, trocknet sich die Hände an der Schürze und läßt seine beiden Vorderzähne sehen – wie so'n Wiesel!

»Haben die Burschen was mit Ihrem Wagen angestellt, Doktor?« sagt er.

»Oha!« ruft der Klippenbewohner und wendet sich an seine beiden Kumpane, »jetzt ist er auf einmal 'n Doktor!«

»Du Esel, was soll er denn sonst sein, zum Teufel noch mal?« fragt ihn Barney.

»Als wir vorhin mit ihm gesprochen haben, hat er sich für'n Maler ausgegeben«, sagt der Blödmann.

»Da hat er sich wohl nach 'nem kleinen Job umgesehen. Vielleicht könnte er eure Hütten oben in Beensheen mal mit 'n bißchen Farbe anstreichen?« sagt Barney höhnisch.

»Die Hütten sind einfach, aber die Leute sprechen die Wahrheit!« erwidert der Blödmann.

»Verflucht noch mal, Mensch«, ruft Barney und pflanzt sich breitbeinig vor ihm auf, »glaubst du mir nicht, daß ich den Doktor kenne, seit er in kurzen Hosen rumlief?«

»Kein Mensch kann die Seele von 'nem andern Menschen kennen«, gibt ihm der Klippenbewohner zur Antwort und schüttelt wieder den Kopf.

»Um Himmels willen, Barney«, hab ich ihm zugerufen, »plagen Sie sich doch nicht mit dem unseligen Kerl! Bin ja selber schuld, wenn ich solchem Wurm in die Welt verhelfe! 's ist der sinnloseste Job von der Welt – das und höchstens noch 's Steineklopfen.«

»Ich würde an Ihrer Stelle nichts gegen das Steineklopfen sagen«, warf der Klippenbewohner mürrisch ein. »Vielleicht dauert es nicht mehr lange, dann müssen's gewisse Leute hier auch tun!«

Darauf konnte ich nur mit einem Fluch antworten und abhauen, auf dem Weg zu Jerry MacMahon. Als ich in den Rückspiegel spähte, sah ich Barney mitten auf der Straße stehen, die drei Tölpel um ihn her, und alle fuchtelten sie mit den Armen. Mir fuhr's durch den Kopf, daß Barney vielleicht doch trotz all meiner Vorsicht am Abend eine Geschichte für die ›Boys‹ bereit haben hönne, und zwar eine, die nicht von Willie Joe handelte. Sondern von mir. Und dann fuhr's mir durch den Kopf, daß ich mich hier auf sehr unangebrachte Art benahm. Wäre ich ein Mörder gewesen, der versucht hätte, eine richtige Leiche loszuwerden, hätte ich mich kaum verdächtiger benehmen können. Und warum? Bloß, weil ich nicht wollte, daß die Leute über mich redeten. Ich weiß nicht, warum die Iren so sind: warum sie immer Angst haben, daß die Leute über ihr Tun und Treiben reden könnten. Es ist nicht so, als wären wir schlimmer als andre – wir tun bloß so!

An einer praktischen Stelle in der Bucht, meilenweit weg von jeder menschlichen Siedlung, habe ich dann den Wagen geparkt. Dort hätte ich die Rinderkeule sofort loswerden können, doch irgend etwas schien nicht mehr mit mir zu stimmen. Bin langsam die Landstraße auf und ab gegangen und habe nach rechts und nach links geschaut, bis ich ganz sicher war, daß mich niemand beobachtet. Es hätte mir rein gar nichts passieren können, aber da sah ich, wie ein Bauer eine Meile bergauf quer über ein Stück Land ging, und beschloß zu warten, bis er außer Sicht war. Und das war meine größte Dummheit, denn im Augenblick, wo er auf die Seite schaute und einen Fremden bemerkte, der seinen Wagen auf der Landstraße stehen hatte, blieb er natürlich selber stehen und reckte den Hals wie ein alter Jagdhund. Versteh mich recht, ich mach's ihm gar nicht zum Vorwurf: Vorwürfe mach ich nur mir selber. Bis zu dem Tage habe ich nie auch nur soviel Mitgefühl mit meinen neurotischen Patienten gehabt, die sich Krankheiten einbildeten, welche sie gar nicht hatten – und nun war ich selbst soweit, ein Arzt, der sich eine Krankheit einbildete, die er gar nicht hatte, und ohne irgendeine Entschuldigung.

Mittlerweile war der Gestank so entsetzlich geworden, daß ich wußte, er würde tagelang in den Polstern haften bleiben. Und oben in Cahirnamona saß Jerry MacMahon und wartete mit einer Flasche Wiskey auf mich, die er nicht anrühren durfte, bis seine Frau mich leibhaftig vor sich sah. Und ich konnte nicht zu ihm, weil ich befürchten mußte, er würde mich auslachen. Ich schaute wieder bergauf und sah, daß der Mann, der querfeldein gehen wollte, seine Absicht geändert hatte. Er war bergab gegangen und lehnte sich übers Gatter, zündete sich eine Pfeife an und bewunderte den Blick auf die Bucht und die Berge.

Das hat mir den Rest gegeben. Der Sonntag war mir verdorben, selbst wenn ich die Rinderkeule noch beseitigen konnte. Ich stieg also in den Wagen und fuhr schnurstracks nach Hause. Dort ging ich an den Whiskeyschrank und schenkte mir ein Glas ein, so voll, wie es dem Maß meiner Leiden halbwegs zu entsprechen schien. Gerade wollte ich mich damit niederlassen, da kommt Bridie ohne anzuklopfen ins Zimmer. Das ist der einzige Fehler, den sie hatte und den ich zu erwähnen vergaß: die ganze Zeit, die sie bei mir war, habe ich's ihr nicht angewöhnen können, zuerst anzuklopfen. Als ich sie plötzlich in der Tür stehen sah, bin ich hochgeschossen. Ich habe immer sehr auf mein Benehmen geachtet, und Hochspringen, das war mir neu.

»Hab ich dir nicht gesagt, du sollst anklopfen, eh du in ein Zimmer trittst?« habe ich sie angebrüllt.

»Ich hab's vergessen«, sagte sie und tat so, als merke sie nicht, in welchem Zustand meine Nerven waren. »Sie sind also nicht zu Doktor MacMahon gefahren?«

»Allerdings nicht«, habe ich gesagt.

»Und das Fleisch – haben Sie das nicht weggeworfen?«

»Allerdings nicht«, habe ich gesagt. Und als ich sah, daß sie auf eine Erklärung wartete, mußte ich fortfahren: »Es waren zuviel Leute in der Nähe!«

»Leute!« wiederholte sie selbstgefällig. »Dann werden wir's wohl im Dunkeln im Garten einbuddeln müssen?«

»Vermutlich«, gab ich ihr zur Antwort, ohne zu bedenken, daß ich mich dem kleinen Weibchen ausgeliefert hatte, mit Haut und Haaren.

Als es dunkel war, nahm ich einen Spaten und grub im Garten ein tiefes Loch, und Bridie schleppte die Rinderkeule an und warf sie hinein. Das Erstaunliche an der Sache ist nun aber, daß wir die ganze Zeit, während wir an der Arbeit waren, nur flüsternd miteinander sprachen und an der Rückseite der Nachbarhäuser hochblickten, um zu sehn, ob wir beobachtet würden. Mir war eine Last vom Herzen, als wir es hinter uns hatten. Ich war Bridie sogar richtig dankbar. Dann ging ich zu meinem Zahnarzt Jim Donoghue hinüber und erzählte ihm bei ein paar Glas Whiskey die abenteuerliche Geschichte. Wir bogen uns vor Lachen.

Damit will ich aber nicht gesagt haben, daß es eine komische Geschichte ist. Für mich war es alles andere als komisch.

Du kannst dir nämlich nicht vorstellen, was für ein Skandal für Bridie und mich daraus entstand. Du würdest dich schön wundern, was für Dinge die Leute sich in ihrer Phantasie ausdenken, und erst recht nicht, was sie alles weitererzählen ... Ach, lache nur, lache nur! Mir war's nicht zum Lachen zumute, bis ich endlich alles hinter mir hatte. Denn bis dahin hatte ich mich den Teufel drum gekümmert, was die Leute über mich redeten, aber von dem Tage an hab ich mich vor meinem eigenen Schatten gefürchtet. Soviel wurde über Bridie und mich geklatscht, daß ich sie entlassen mußte – mit der natürlichen Folge, daß ich innerhalb eines Jahres verheiratet war – wie alle anderen auch.

Übrigens, als ich unglückliche Ehen erwähnte, hab ich nicht meine eigene gemeint. Meine Frau und ich kommen ganz gut miteinander aus. Ich hab's nur erwähnt, um dir zu beweisen, was dir blühen kann, wenn du so dumm wärst, hierherzuziehen. Ein Städtchen wie das hier kann den stärksten Mann kleinkriegen. Und wenn du meinen Worten keinen Glauben schenkst, dann kommt's nur daher, weil du nicht weißt, was über dich geredet wird.

Die Zukunft vor Augen

I

Als Shiela Hennessey sich mit Jim Gaffney verheiratete – mit einem Mann, der zwanzig Jahre älter als sie war –, freuten wir uns alle und waren ziemlich überrascht. Bis dahin hatten wir fest geglaubt, daß sie niemals heiraten würde. Ihr Vater war ein kleiner Baumeister gewesen, und daher sprach ein Witzbold unseres Städtchens von einer erblichen Abneigung gegen Kontrakte.

Außerdem war sie ja – mit Unterbrechungen – seit zehn Jahren mit Matt Sheridan befreundet. Matt, ein ruhiger Mensch, tat so, als interessiere er sich nur für das bißchen Geld, das ihr Vater ihr vermacht hatte, doch im Grunde war er sehr in sie verliebt, und um ihr Gerechtigkeit widerfahren zu lassen: auch sie war in ihn verliebt, soweit die Zeit und andere Männer es zuließen. Shiela war in sehr hohem Maße mit der weiblichen Schwäche für Nebengeleise behaftet. Plötzlich konnte sie beim Gedanken, ein ganzes langes Leben mit einem netten, ruhigen Mann verbringen zu müssen, Angst bekommen, und dann haute sie mal ein halbes Jahr mit einem jungen Burschen vom College ab. Anfangs nahm Matt es ihr übel, doch später ergab er sich entweder in sein Schicksal oder er erlernte die einzige Methode, damit fertig zu werden, indem er es nämlich als großen Jux hinstellte und den jungen Mann, der gerade an der Reihe war, den »Ersatzreifen« nannte.

Und sie hatte sogar Vorteile von ihren Abenteuern. Ein Bursche namens Magennis brachte ihr ein solides Urteil über Jane Austen und Bach bei, während ein andrer, Jack Mortimer, der sich zu Hause nicht wohl fühlte, sie Henry James bewundern lehrte und ihr einredete, sie habe eine Vater-Bindung. Doch alle waren ziemlich ungeeignet, und Matt mit seiner ruhigen und entschiedenen Art meinte, wenn er nur durchhielte, sich seine Eifersucht nicht anmerken ließe und Shiela ermutigte, die Charaktere ihrer Freier zu analysieren, daß sie sich dann zu guter Letzt aus ihrer eigenen Verliebtheit herausanalysieren müsse. Bis zum nächstenmal natürlich, doch er gab die Hoffnung nicht auf, daß sie ihre Experimente eines Tages satt bekäme und sich dann endgültig ihm zuwenden würde. Andrerseits begriff er wie wir alle, daß sie sich vielleicht überhaupt nicht verheiraten könne. Sie war so recht der Typ eines frommen, umworbenen, unzufriedenen Mädchens, das häufig in einem Kloster landet, doch ihm war es nicht so eilig, und er war bereit, es darauf ankommen zu lassen.

Und zweifellos hätte sie ihn auch schließlich geheiratet, wenn sie sich nicht bis über die Ohren in Jim Gaffney verliebt hätte. Jim war ein Mann Anfang der Fünfziger, klein und untersetzt und gutmütig. Er war ein Witwer mit einem erwachsenen Sohn in Dublin; er hatte ein kleines Geschäft an der Grand Parade und ein wunderliches altes Haus in Fair Hill oben, und als wären das nicht schon genug Nachteile gewesen, war er auch noch ein Mann ohne nennenswerte religiöse Überzeugung.

Wie Shiela die Geschichte hinstellte (und es konnte sehr gut der Wahrheit entsprechen), war sie es, die um ihn hatte werben und ihm einen Antrag hatte machen müssen. Jim hatte die Lebensdauer von drei Generationen seiner Familie berechnet und herausgefunden, daß er nur noch acht Jahre zu leben hatte, und deshalb schlug er ihren Antrag zunächst aus.

»Und was willst du anfangen, wenn die acht Jahre um sind?« fragte Matt, als sie ihm die Neuigkeit beibrachte.

»Darüber habe ich noch nicht nachgedacht, Matt«, antwortete sie. »Ich weiß nur, daß mir acht Jahre mit Jim mehr bedeuten als ein ganzes langes Leben mit irgend jemand anders.«

»Ach so«, erwiderte er mit einem bitteren Lächeln, »dann werden wir beide uns, scheint's, Lebwohl sagen müssen?«

»Aber du wirst doch mein Freund bleiben, Matt?« fragte sie ängstlich.

»Nein, das will ich gar nicht!« entgegnete er und wurde plötzlich heftig. »Je weniger ich von jetzt an von dir sehe, um so wohler wird's mir sein.«

»Du bist doch nicht im Ernst böse auf mich?« fragte sie betrübt.

»Ich weiß nicht, ob ich's bin«, erklärte er knapp. »Ich will bloß von jetzt an nichts mehr mit dir zu tun haben. Und wenn ich ehrlich sein soll: ich glaube, du machst dir keinen Pfifferling aus dem Menschen!«

»O doch, Matt! Weshalb sollte ich ihn denn sonst heiraten wollen?«

»Weil du hoffnungslos verwöhnt und übergeschnappt bist und auf jedes dumme Abenteuer einsteigst. Was sagt denn deine Mutter dazu?«

»Mutter wird sich mit der Zeit schon an Jim gewöhnen.«

»Entschuldige, wenn ich widerspreche, Shiela, aber das wird sie gar nicht tun! Wenn dein Vater noch lebte, würde er dir die Hölle heiß machen, ehe er das erlaubte! Im gleichen Alter wie er! Nimm doch Vernunft an! Wenn du mal vierzig bist, ist er 'n alter Wackelgreis! Das kann doch nur schlimm ausgehen!«

»Matt, mir ist's egal, wie es ausgeht. Das ist meine Ansicht. Ich möchte nur, daß ihr beide Freunde seid, du und Jim.«

Shiela wollte jedoch nicht so sehr, daß sie sich anfreundeten, sondern vor allem wollte sie Matt am Bändel behalten. Frauen sind nun mal so. Selbst wenn sie dem einen Mann ewige Treue geschworen haben, wollen sie den andern nicht um die Welt preisgeben.

»Ich hab keine Lust, mich mit ihm anzufreunden!« erwiderte Matt zornig. »Hab ohnehin schon genug Jahre meines Lebens an dich vergeudet!«

»Ich wünschte, du würdest so was nicht sagen, Matt«, begann Shiela zu wimmern. »Ich weiß, daß ich eigenartig bin. Wahrscheinlich bin ich nicht normal. Jack Mortimer hat immer behauptet, ich hätte eine Vater-Bindung; und das kann ich doch nicht ändern! Ich weiß schon, daß du glaubst, ich hätte dich all die Jahre an der Nase herumgeführt, aber da täuschst du dich. Ich hab dich lieber gemocht als alle andern, das weißt du! Und wenn's nicht wegen Jim wäre, würde ich dich jetzt auf der Stelle heiraten!«

»Oh, so, wenn's nicht wegen Jim wäre!« spottete er. »Und wenn's nicht Jim wäre, wär's jemand anders, und ich hab's einfach satt! Ist ja gut und schön, geduldig zu sein, aber mal kommt man an einen Punkt, da muß man sich beschützen, auch wenn's einem selber oder jemand anders Schmerzen bereitet. Und den Punkt habe ich erreicht.«

Sie wußte, daß es so war und daß keine Hoffnung bestand, ihn noch länger an sich zu fesseln. Ein Mann, der all die Jahre und trotz all ihrer Launen zu ihr gehalten hatte, ließ sich nicht durch eine Laune wieder einfangen. Der Abschied von ihm schmerzte mehr, als sie es erwartet hatte.

2

Während der kurzen Hochzeitsreise in Frankreich war sie strahlend glücklich. Sex hatte sie immer fasziniert und abgestoßen, und in der ersten Nacht auf dem Schiff saß Jim, anstatt sie so leidenschaftlich zu überfallen, wie es ein jüngerer Mann getan haben würde, auf dem Rand seiner Schlafkoje und hielt ihr eine lange Vorlesung über das Thema, die sie interessanter als jede Liebesnacht fand; ehe sie eine Woche verheiratet waren, hatte sie die schwierige Anpassung ohne Schock hinter sich gebracht.

Als Reisekamerad war Jim großartig, denn er war bereit, alles zu bewundern, von den Kathedralen bis zu den Pissoirs;

er konnte sich an kleinen Dingen ebenso freuen wie an großen, und sie wurde schon guter Laune, wenn sie sah, wie er alles genoß. Er konnte im Sonnenschein vor einem Café sitzen, ein Klotz von einem Mann mit rotem Gesicht und weißem Haar, und sich für den Kaffee und Kuchen und den Anblick der hübschen, gutgekleideten Passanten begeistern. Wenn sich sein Gesicht einmal verdüsterte, war es einzig, weil er an die Leute dachte, die sich weigerten, glücklich zu sein, obwohl sie es hätten sein können.

»Und die Weiber zu Hause, die nicht mal lernen wollen, wie man guten Kaffee kocht!« schnaufte er ärgerlich.

Wütend wurde er nur, wenn Shiela, die langbeinig und ein Irrwisch war, für ihn zu schnell weitersauste, so daß er mit seinen empfindlichen Füßen hinter ihr dreinschusseln mußte, oder wenn sie sich plötzlich an einer Kreuzung anders besann und er erschrocken und fluchend mitten im ärgsten Gewühl hin- und herlaufen konnte. In seinem Zorn brüllte er die Taxifahrer an und drohte ihnen mit der Faust, und sie brüllten zurück, ohne daß er sie verstand. Bei solchen Gelegenheiten schrie er sogar Shiela an, und sie versprach, in Zukunft auf ihn zu warten, aber sie tat es nicht. Sie war die geborene Unruhe, und wenn er sie irgendwo stehenließ, um selber in einem seiner geliebten Pissoirs einzukehren, dann schlenderte sie gedankenlos zum nächsten Schaufenster, und er verlor sie. Weil alles Französisch, das er konnte, aus seiner Schulzeit im Kloster stammte, und die französischen Polizisten nur erstaunt dreinblickten, wenn sie es hörten, und weil er sich nie den Namen des Hotels merken konnte, geriet er mindestens einmal am Tage in helle Verzweiflung.

Es war für ihn eine große Erleichterung, nach Fair Hill zurückzukehren, die Füße auf den Kaminvorsetzer zu stellen und in den Büchern über die Orte nachzulesen, in denen sie gewesen waren. Auch Shiela sah allmählich ein, wie angenehm eine Ehe sein konnte: die Tabus eines ganzen Lebens stürzen ein, und dafür werden neue, kompliziertere aufgerichtet. Ihr Leben verlief äußerst ruhig. Jeden Abend kam Jim unter unzähligen Schichten von Pullovern, Halstüchern und Jacken den Hügel heraufgekeucht und versicherte, die verdammte Steigung sei ihm bald zuviel, und sie müßten – müßten – müßten sich ein Haus unten in der Stadt suchen. Dann fuhr er in seine alte Hose und seine Pantoffeln und schenkte sich liebevoll ein Glas Whisky ein, wobei er den Whisky achtsam gegen das Licht abmaß, wie er es seit zwanzig Jahren Abend für Abend getan hatte. Er wußte bis auf den Tropfen genau, wieviel Alkohol nötig war, damit der Drink ein Genuß blieb und ihn nicht träge machte. Nur ein Mann mit einer sicheren Hand konnte wissen, wieviel für ihn gut war. Mäßigkeit war das Geheimnis!

Nach dem Abendbrot stemmte er die Füße auf den Kaminvorsetzer und berichtete ihr, was es in der Stadt Neues gab. Gegen neun Uhr tranken sie eine Tasse Tee und unternahmen, wenn der Abend schön war, einen kurzen Lauf über den Hügel, um einen Blick auf die von Lichtern erhellte Stadt zu werfen. Wie Shiela bald merkte, war Jim um diese Stunde glänzend in Form, und es wäre riskant gewesen, hätte ihm jemand ein Haus in der Stadt anpreisen wollen. Fair Hill war wieder das ideale Wohnviertel. Wenn die Anstrengungen des Tages gänzlich von ihm abgefallen waren, nahm er ein Bad und pusselte dann noch im Pyjama in dem häßlichen alten Haus herum, kratzte sich unter Verrenkungen und brüllte vor Lachen über seine eigenen Witze.

›Wer, zum Teufel, will mir einreden, ich hätte eine Vater-Bindung?‹ dachte Shiela unwillig. ›Ich habe nicht meinen Vater geheiratet – ich bin mit einem Baby verheiratet!‹

Trotzdem lagen die Dinge nicht ganz so einfach, das wußte sie wohl. Sein Sohn Paddy lebte in Dublin, und obwohl Shiela vermutete, daß er für Jim so etwas wie eine Enttäuschung war, konnte sie Jim doch nie eine richtig zusammenhängende Schilderung über ihn entlocken. Genauso war es mit seiner ersten Ehe. Er sprach selten darüber, ausgenommen, wenn er hin und wieder mal sagte: »Margaret fand immer« oder »Eine Freundin von Margaret« – Luftbläschen, die an die Oberfläche eines Teiches stiegen, dessen Tiefe sie nicht sehen konnte, wenn sie auch die Schatten ahnte, die ihn bedeckten. Auch über weniger private Dinge war er nicht viel mitteilsamer. Wenn er Leute nicht gern hatte, mochte er nur Redensarten zu ihrem Lob von sich geben. Als Verehrerin von Jane Austen und Henry James wollte Shiela den Dingen auf den Grund gehen, und manchmal machte es sie sehr ärgerlich, wenn er nicht mit ihr diskutieren wollte. Es legte nahe, daß er sie nicht ernst nahm.

»Was hat Kitty O'Malley an sich, daß sie immer auf so merkwürdige Männer hereinfällt?« konnte sie zum Beispiel fragen. »Ob es eine Reaktion gegen ihre Mutter ist?«

»Meine Güte, das weiß ich nicht, Kind«, antwortete er und starrte sie über die Lesebrille hinweg an, als wäre er ein einfältiger Mensch, dem so schwierige Probleme nie in den Sinn kamen.

»Und wahrscheinlich hast du dich auch nie bequemt, darüber nachzudenken?« entgegnete sie ärgerlich. »Dir genügt es, wenn du die Leute oberflächlich kennst!«

»Ach, ich bin eben ein oberflächlicher Mensch«, antwortete er darauf milde lächelnd, doch in ihr rumorte der Argwohn, daß er sich nur über sie lustig machte. Denn einmal, als sie ihn absichtlich hatte hochbringen wollen, indem sie über seine konventionelle Art spottete, hatte er die Beherrschung verloren und sie angeschnauzt: »Es ist verdammt praktisch, die Leute nur oberflächlich zu kennen!« Doch auch das meinte er nicht wörtlich, wie sie sehr gut begriff. Während ihre Tiefenauslotung bedeutete, daß sie in ihrem Verhältnis zu andern dauernd den Standort wechselte, rasch von Reserviertheit zu Vertraulichkeit überging und, mal schwärmerisch begeistert, mal mißtrauisch, wieder zurückgeworfen wurde, berücksichtigte er nur die Wesenszüge, mit denen er sich konsequent auf einer einzigen Ebene befassen konnte. Und obwohl seine Art der Betrachtung naturgemäß ungenau war, mußte sie zugeben, daß es funktionierte, denn im Installationsgeschäft wußte man wirklich nie, woran man mit den Leuten war.

Auch über andere Fragen waren sie nicht der gleichen Meinung, obwohl es anfangs eher komisch als beunruhigend war. So war die Religion bei Shiela fast eine fixe Idee, doch das eine Mal, als sie ihn in die Messe schleppte, seufzte er, wie er es auch tat, wenn sie ihn ins Kino mitnahm, und als sie die Kirche verließen, sagte er trübselig: »In den dreißig Jahren haben die Burschen auch nichts dazugelernt!« Er schien zu glauben, daß die Religion von der allgemeinen Verbesserung der Lebensbedingungen abhängig sein müsse. Als sie ihn aushorchen wollte, was er als Verbesserung betrachtet hätte, stellte es sich heraus, daß er fand, die Kirchen sollten für Vorlesungen und Konzerte benutzt werden. Sie gab die Hoffnung nicht auf, ihn zu bekehren, selbst wenn es auf dem Sterbebett wäre, obwohl sie einsah, daß es einzig und allein durch die Kraft des Gebets bewerkstelligt werden könnte, da Unterweisung und Beispiel bei ihm gleichermaßen vergeudet waren.

Außerdem war da noch das Problem mit seiner Gesundheit. Sie war überzeugt, daß er trotz seines Umfangs und Gewichts nicht kräftig war. Ihr schien, daß ihm der tägliche Anstieg von der City herauf zuviel wurde. Er schnaufte zu sehr, und morgens hatte er einen bellenden Husten, den er zu einer richtigen Vorführung gestaltete. Sie drängelte ihn dauernd, Pfeife und Whisky aufzugeben oder einen Arzt aufzusuchen, aber er wollte keines von beidem. Bei einem seiner Bronchialkatarrhe überrumpelte sie ihn und holte den Doktor, und der Doktor stand ihr bei und riet ihm, er solle das Rauchen und Trinken unterlassen und alles etwas leichter nehmen. Jim lachte, als wäre es ein guter Witz, und verhielt sich genauso wie vorher. »Mäßigkeit, darauf kommt es an!« sagte er, hielt sein Glas gegen das Licht und zählte sich den letzten Tropfen ab. »Eine ruhige Hand!« Sie begriff allmählich, daß er ein Mann von ungewöhnlicher Dickköpfigkeit war, und Zweifel stiegen in ihr auf, ob er ihr wenigstens für die acht Jahre erhalten bliebe, die ihm die Gaffneysche Lebenserwartung versprach.

Außerdem war er in Geldsachen unordentlich und gleichgültig, doch gerade in der Beziehung war Shiela peinlich gewissenhaft.

»Es geht gar nicht darum, daß ich etwas für mich selbst beanspruche«, erklärte ihm Shiela im Vollgefühl ihrer Rechtschaffenheit. »Ich möchte einfach wissen, wo ich stehe, wenn dir mal was zustößt. Paddy hätte es dann bald herausgefunden, das könnt ich wetten!«

»Hach, da könntest du verflixt recht haben«, sagte er und brach in schallendes Gelächter aus.

Und doch unternahm er keine Schritte. Abgesehen von der Tatsache, daß ihm Schulden verhaßt waren, schien es ihm einerlei zu sein, was mit seinem Geld geschah, und so lag es auf der Bank und nützte keinem Menschen. Er hatte kein Testament gemacht, und als sie versuchte, ihn dazu zu überreden, schob er es mit einem Scherz beiseite.

Sie wollte sich noch immer nicht geschlagen geben und lud seinen Rechtsanwalt zum Abendessen ein, aber was die beiden Männer nun auch vereinbart haben mochten, jedenfalls stimmten sie, als Shiela das Gespräch darauf brachte, ein albernes Gekicher an, und alles, was sie dann noch sagte, löste nur neue Lachsalven bei ihnen aus. Jim hatte sogar Lachtränen in den Augen, und sonst war es eigentlich nicht seine Gewohnheit, übermäßig zu lachen.

Ebenso war es mit der Versicherung. Es ging wieder nicht darum, daß sie unbedingt für sich vorsorgen wollte, doch einer Frau, die für den Fall, daß ihr etwas zustieß, seit jeher eine Kennkarte in der Handtasche trug, schien es der Gipfel an Unklugheit, wenn man überhaupt nicht versichert war – nicht einmal für die Begräbniskosten. Außerdem – und das war ein Punkt, der ihr ziemlich viel Sorgen machte – gab es im Erbbegräbnis der Gaffneys keinen Platz mehr, und für sie und Jim müßte eine neue Parzelle gekauft werden. Er erhob keine Einwände gegen die Kennkarte, die sie ihm in seine Brieftasche geschmuggelt hatte und die den Finder der Leiche anwies, sich sofort mit Mrs. Gaffney in Verbindung zu setzen. Sie wußte allerdings, daß er die Karte zum Ergötzen seiner Freunde regelmäßig im Laden hervorholte. Von einer Versicherung wollte er jedoch nichts wissen. Er war dagegen, weil das Geld ständig an Wert verlor, und eine Versicherung bedeutete nur, gutes Geld für schlechtes herzugeben. Er erzählte ihr von einem Grabstein, den er auf einem Friedhof in Cork gesehen hatte und dessen Inschrift lautete: *»Hier liegt die sterbliche Hülle der Elizabeth Martin, die«*. Und er lachte: »Arme *›Elizabeth Martin, die‹*! Um sich zu versichern, daß sie einen rechten Grabstein bekam, ließ sie ihn selbst anfertigen, und die Schafsköpfe, die sie überlebten, konnten mit der Inschrift nichts anfangen. Das hat man vom Versichern! Und warum, zum Teufel«, brummte er gutmütig, »willst du mich dauernd begraben, du kleiner Satansbraten? Abwechslungshalber könnte ja mal ich dich begraben?«

»Wenn du das tun mußt, würdest du jedenfalls meine Sachen in geordnetem Zustand vorfinden«, antwortete sie stolz.

3

Aus Frankreich hatte sie Matt Postkarten geschrieben – in der Hoffnung, er würde sich wieder mit ihr aussöhnen, doch als sie nach Cork zurückkehrten, hörte sie, daß er in den Midlands eine Stelle angenommen hätte, und später, daß er sich um die Tochter eines Ladenbesitzers bewerbe, die ein stattliches Vermögen habe. Ein Jahr darauf erfuhr sie von seiner Verlobung und sandte ihm ihre Glückwünsche. Er antwortete umgehend und ohne Feindseligkeit und schrieb ihr, die Nachricht sei verfrüht gewesen, und er nähme eine neue

Stelle in Cork an. Anscheinend hatte es zwischen ihm und der Ladenbesitzerstochter nicht geklappt.

Shiela freute sich unbändig, als er ihnen endlich in Fair Hill einen Besuch machte, noch ganz der gute alte Matt: bedächtig und gesetzt, bescheiden und klug und voll heimlicher Ironie. Offenbar freute er sich, wieder in Cork zu sein, so mies es auch sein mochte. Die Midlands waren zu still, sogar für einen Mann wie ihn.

Dann hatte Shiela einen glänzenden Einfall. Jims beste Freundin war Kitty O'Malley, deren wechselvolle Schicksale Shiela einmal zu analysieren versucht hatte. Kitty war ein sanftes Mädchen mit einem erstaunlichen Talent, an die verkehrten Männer zu geraten. Einmal war es ein verheirateter Mann gewesen, der ihr, um ihre Gefühle zu schonen, nicht hatte sagen wollen, daß er nicht mehr frei war, und dann war es ein Psychopath und krankhafter Lügner, der mit zwei andern Mädchen verlobt war, weil er immer neue Persönlichkeiten für sich erfinden mußte. Infolgedessen ging Kitty mit einer verdutzten Miene durchs Leben, weil sie glaubte (wie übrigens auch Shiela), sie müsse etwas an sich haben, das solche Männer anzog, obwohl sie sich nicht vorstellen konnte, was es war.

Shiela sah es alles ganz klar, das Problem und die Lösung, schon am ersten Abend, als Matt da war.

»Weißt du, daß ich die ideale Frau für dich habe?« fragte sie ihn.

»Tatsächlich?« erwiderte Matt amüsiert. »Wer ist es denn?«

»Ein Mädchen namens Kitty O'Malley, eine gute Freundin von Jim. Sie ist ein prächtiges Ding, nicht wahr, Jim?«

»Ja, ein prächtiges Ding«, gab Jim zu.

»Aber kann sie mich auch ernähren – so wie ich's gewohnt bin?« fragte Matt, der durchaus als gewinnsüchtig gelten wollte.

»Leider nicht so üppig wie deine Ladenbesitzerstochter.«

»Und du meinst, sie würde mich nehmen?«

»O, natürlich, falls ich mich damit befassen darf. Wenn man Kitty sich selbst überläßt, nimmt sie sich einen Säufer oder sonst wen. Sie ist schüchtern, und schüchterne Mädchen werden nur von so dynamischen Typen umworben, wie es Psychopathen sind.«

Es machte Shiela riesigen Spaß, ein Zusammentreffen der beiden ruhigen Leutchen zu bewerkstelligen, doch zu ihrer größten Verwunderung bekam Jim die ganze Sache rasch satt und ärgerte sich darüber. Nachdem Matt und Kitty dreimal in Fair Hill gewesen waren und er zweimal mit ihnen gegessen hatte, platzte Jim los. Shiela hatte abgemacht, daß sie alle zusammen ins Kino gehen sollten, und Jim verlor die Geduld. Wie alle gutmütigen Menschen wurde er im Zorn maßlos und ungerecht.

»Kannst alleine mit ihnen gehn!« schrie er sie an. »Was mußt du dich überhaupt einmischen, zum Teufel? Wenn sie sich nicht ohne deine Hilfe verlieben können, sollen sie unverheiratet bleiben!«

Sie war niedergeschlagen, ging ins Schlafzimmer und weinte. Bald danach schlich er sich ins Zimmer, nahm ihre Hand und sprach von allem möglichen, nur nicht von dem, was ihr am Herzen lag. Nach zehn Minuten stand er auf und blickte aus dem niedrigen Fenster auf die Stadt hinunter – eine Aussicht, die er schon als Junge geliebt hatte. »Warum, zum Kuckuck, stellen sie hier Häuser hin, wo man doch keine schöne Aussicht hat?« fragte er gekränkt. Sie wußte aber, daß er wußte, wie eifersüchtig sie war. Es war alles gut und recht, eine Verlobung zwischen Matt und Kitty in die Wege zu leiten – aber der Gedanke, daß die beiden zusammen ausgingen und über sie redeten, wie sie in ihrer Abwesenheit von ihnen sprach, war ihr schrecklich. Wenn Jim ebenso alt wie sie selbst gewesen wäre, hätte sie sich nicht soviel daraus gemacht, was die beiden über sie redeten, doch Jim war, mit Matt verglichen, ein alter Mann, der jeden Tag sterben und sie allein zurücklassen konnte – allein und ohne ›Ersatzreifen‹! Sie konnte sich sogar ausmalen, was passieren würde, denn sie hatte eine tolle Phantasie. Es war ihr schon aufgefallen, wie Jims Gesicht mitten in der Nacht so faltenlos und glatt wie das eines hübschen Knaben wurde, und so würde sein Gesicht auch aussehen, wenn er gestorben war, das wußte sie. Genauso würde er in ebendem Zimmer hier liegen, in den Händen einen Rosenkranz, gegen den er sich nun nicht mehr wehren konnte, und Matt würde ihr auf seine ruhige Art alle Formalitäten abnehmen. Er würde sie in die Arme schließen und trösten, und dann würden sie beide wissen, daß Jim zu spät gestorben war. Obwohl sie ihn also Kitty gönnte, wenn sie ihn schon nicht selbst haben konnte, mochte sie es doch nicht, daß sie in ihrer Abwesenheit zu häufig zusammen waren, und sie hoffte nur, daß sie nichts überstürzten. Jim konnte alles mögliche zustoßen, und sie waren beide noch jung – erst dreißig oder so –, und es würde ihnen nichts schaden, noch zu warten.

Als sie nach einem halben Jahr heirateten, ahnten weder Matt noch Kitty etwas von ihrer Großherzigkeit – und von ihrem Schmerz. Sie vermutete, daß Jim es wußte, obwohl er sich ebensowenig darüber ausließ wie über all die andern Dinge, die ihn zu nah betrafen.

Doch durch sein greuliches Unvermögen, Ordnung in seine Angelegenheiten zu bringen, machte er ihr alles noch schwerer. Den ganzen Winter war er krank, schleppte sich ins Geschäft und zurück und lag drei Wochen fest im Bett, wie üblich nach Atem ringend, aber die Pfeife rauchend, wovon er schreckliche Hustenanfälle bekam. Er war nicht nur schwach auf der Brust – er hatte auch ein schwaches Herz, und eines Tages würde die Bronchitis sein zu stark beanspruchtes Herz überanstrengen. Doch statt sich zu schonen oder ein Testament zu machen oder eine Versicherung abzuschließen oder sonst etwas zu tun, wie man es von einem kranken alten Mann mit einer jungen Frau erwarten durfte, vertrödelte er, in Decken und Schals eingemummt, die

Wochen im Bett mit dem Studium von Grundrissen. Er hatte seines Vaters unpraktisches Haus in Fair Hill zwanzig Jahre lang bewohnt, ohne sich je mit Änderungsplänen zu tragen, aber jetzt schien er von neuer Lebenserwartung beseelt. Er wollte die Räume im Kellergeschoß ganz aufgeben und dafür ein Hinterzimmer in eine moderne Küche umbauen lassen, die dann mit dem Eßzimmer in Verbindung stand.

Shiela war entsetzt beim Gedanken an derartige Ausgaben für ein Haus, das sie nach ihres Mannes Tode gar nicht bewohnen wollte. Es war beschwerlich genug, zu zweit darin zu hausen, und für eine alleinstehende Frau war es viel zu einsam. Sie wußte auch, daß kein Mann je daran denken würde, dort einzuziehen, es sei denn, er hätte den gleichen kauzigen Geschmack wie Jim. Außerdem konnte sie sich nicht vorstellen, wie sie in einem Haus weiterleben sollte, das sie an ihren Verlust erinnerte. Auch das malte sie sich in ihrer lebhaften Phantasie aus: sein Sessel, sein Pfeifengestell, seine Lieblingsaussicht – alles ohne ihn! Nein, sie würde es nie ertragen können!

»Aber du hast selbst gesagt, es sei eine Qual, in der alten Küche zu wirtschaften«, widersprach er. »Und unten zu essen ist scheußlich. Wenn man im Dunkeln hinunter muß, bekommt man die reinste Gänsehaut.«

»Aber das Geld, Jim, das Geld!« wandte sie gereizt ein.

»Das Geld haben wir, Kind«, antwortete er. »Du sagst ja selber dauernd, es läge in der Bank und nütze keinem Menschen!«

»Aber eines Tages wären wir vielleicht froh über das Geld!« entgegnete Shiela. »Und wenn wir das Haus verkaufen müssen, würden wir nie zurückerhalten, was wir hineingesteckt haben. Es ist zu unpraktisch.«

»Wer hat denn gesagt, ich wollte das Geld wiederhaben, zum Teufel!« schalt er. »Ich will ein Haus mit etwas Komfort haben. Und weshalb sollten wir's überhaupt verkaufen wollen?«

Das war etwas, worauf sie nicht gern antwortete, aber Jim wußte ohnehin, was sie dachte, und nach einem Weilchen lächelte er ihr ein wenig boshaft zu und drohte mit dem Finger.

»Es wäre *ein* Abwaschen«, flüsterte er. »Wir bauen die Küche ein und kaufen gleichzeitig die Grabstätte.«

»O Jim, darüber kann man doch nicht Witze reißen!«

Doch er warf nur den Kopf in den Nacken und lachte auf seine kindische Art laut heraus.

»Und wir kaufen den verdammten Grabstein und lassen eine Inschrift anbringen: ›Gewidmet dem Andenken von Jim Gaffney, dem geliebten Ehemann der Shiela Gaffney, die‹.«

Sie versuchte, ihn zu einem Kompromiß zu bewegen: die billigste Küche mit einem Gasherd, im oberen Stock, und abgeteilt durch einen Vorhang. Doch er wollte sich nicht einmal ihre Vorschläge anhören.

»Eins laß dir gesagt sein, mein Kind«, begann er ihr einen Vortrag zu halten, ähnlich dem in ihrer Hochzeitsnacht. »In allen Iren steckt ein Geizkragen. Sie könnten die halbe Arbeit und die doppelte Freude haben, aber sie tragen's lieber auf die Bank. Sie würden sich, weiß Gott, noch selber in den Tresor legen, wenn sie bloß haltbar wären. Jeden Winter ihres Lebens kommen sie fast um vor Kälte, laufen nachts beim widerlichsten Wetter zum Abtritt auf dem Hinterhof und sterben zu Hunderten – alles lieber, anstatt das Geld in die einzige Sache zu stecken, bei der man wirklich auf Zinsen zählen kann: sich das Leben bequemer zu machen. Sieh dir doch die verdammte Stadt da unten an, wie sie randvoll ist mit krepierenden alten Geizhälsen!«

»Aber Jim«, rief sie bestürzt, »du hast doch hoffentlich nicht im Sinn, eine Zentralheizung einbauen zu lassen?«

»Warum, zum Teufel, sollte ich keine Zentralheizung einbauen lassen? Wer beklagt sich denn immerfort über die Kälte?«

»Und einen Eisschrank?«

»Warum denn nicht? Du bist doch immer so scharf auf Eiscreme!«

»Ach, Jim, mach bloß nicht so was! Du weißt genau, daß wir allein für die Küche nicht genug Geld haben.«

»Wir müssen sie aber haben. Du brauchst nur zu bestimmen, was für eine du willst, und für das Geld werde ich sorgen.«

Im nächsten Sommer wollte Jim, der sich benahm, als würde er nie sterben, das alte behelfsmäßige Badezimmer im Kellergeschoß aufgeben und ein neues von der teuersten Sorte gleich hinter dem Schlafzimmer einbauen lassen.

»Jim«, rief sie verzweifelt, »ich sage dir, wir können's uns nicht leisten!«

»Dann müssen wir uns das Geld leihen«, erklärte er heiter. »Wir können's uns erst recht nicht leisten, uns in dem verdammten alten Loch eine Lungenentzündung zu holen. Sieh dir doch die Wände an! Immer tropfnaß! Und jedenfalls haben wir jetzt Kreditsicherheit.«

Aber der Gedanke, Schulden zu machen, war ihr furchtbar. Es war nicht etwa so, als hätte sie die schöne neue Küche mit dem Eckfenster, das über den Hügel talaufwärts blickte, nicht zu schätzen gewußt, oder als hätte sie sich nicht über den Eisschrank und die Zentralheizung gefreut, und es war bestimmt nicht so, daß sie Jims Tod herbeisehnte, denn sie machte sich seinetwegen die größten Sorgen und war immer darauf bedacht, daß er sich schonte und die Pillen einnahm, die sein Herz entlasten sollten. Wenn jemand ihr hätte versprechen können, daß Jim die Achtzig erreichte, dann hätte sie sich damit abgefunden, wegen eines neuen Badezimmers in Schulden zu geraten. Doch das nagende Gefühl, daß er nur noch so kurze Zeit zu leben hatte und sterben und ihr ein Durcheinander an Schulden und Luxus hinterlassen würde, brachte sie um die Freude, mit der sie sonst alles hätte genießen können.

Ob sie es wollte oder nicht, sie mußte ihr Leben mit dem

der Sheridans vergleichen. Bei Matt war alles in Ordnung. Allerdings trug auch er keine richtige Kennkarte bei sich, aber das war bei ihm eher auf seine Bescheidenheit als auf Verantwortungslosigkeit zurückzuführen. Matt hätte es verlegen gemacht, einer wildfremden Person vorzuschreiben, was mit der Leiche zu geschehen habe. Doch er hatte seine Versicherung, und sie war so hoch, wie er sich's nur leisten konnte. Und sein Testament hatte er auch geschrieben. Für alles Wichtige hatte er Vorkehrungen getroffen. Shiela fand, daß Kitty ihr sehr viel zu verdanken hätte, und Kitty fand es auch. Ein Mädchen mit einem so fragwürdigen Vorleben mußte heilfroh sein, daß sie mit einem normalen Menschen wie Matt verheiratet war.

Dabei hatte Shiela gar nicht so viel an Jim auszusetzen – bis auf die eine greuliche Tatsache, daß er zu feste Gewohnheiten hatte. Sie begriff, daß, wie sehr man einen so alten Mann liebte oder wie klug und gut er sein mochte, die Ehe mit ihm doch ein Fehler war, denn man konnte rein gar nichts mit ihm anfangen und konnte nichts an ihm auch nur ein wenig ändern. Sie merkte nicht, daß Jims Freunde ihn für verändert hielten, oder wenn sie es merkte, dann schrieb sie es nicht ihrem eigenen Einfluß zu. Eine Frau, die ihren Mann nicht mal zu etwas so Einfachem wie dem Verzicht aufs Rauchen bewegen konnte, vermochte nicht einzusehen, daß sie ihn in Dingen geändert hatte, die für ihn selbst wichtiger waren. Denn wir ändern an den Leuten nicht das, was wir an ihnen ändern wollen, sondern das, was sie selbst ändern möchten. Obwohl sie es nicht erkannte, hatte sie Jim gerade das gegeben, dessen Folgen sie beklagte: den Wunsch, zu leben und glücklich zu sein!

Dann kam das Trauerspiel mit Kittys Tod und der Geburt ihres zweiten Kindes. Matt und die Kinder wohnten bei ihnen in Fair Hill, bis Matts Mutter ihre eigene Wohnung aufgegeben hatte und zu ihm ziehen und ihm den Haushalt führen konnte. Jim war tief erschüttert. Er hatte Kitty immer furchtbar gern gehabt, nun aber ging er so weit, Matt zu raten, keine endgültige Abmachung mit seiner Mutter zu treffen, sondern sich, sobald er konnte, wieder zu verheiraten. Doch Matt hatte, wie er Shiela anvertraute, nicht die Absicht, noch einmal zu heiraten. Obwohl er es nicht sagte, wußte sie genau, daß er sich nicht wieder verheiraten würde – wenigstens nicht, bevor sie selbst frei war. Und sofort packte sie die Ungeduld, denn alles im Leben schien sich in verkehrter Reihenfolge abzuspielen, wie wenn ein Verrückter einen Film vorführte: junge und unentbehrliche Menschen wie Kitty mußten sterben, während alte Männer wie Jim mit schwachem Herzen und schwacher Brust ewig weitermachten, tranken und rauchten, schnauften und Gott und ihren Ärzten Trotz boten, indem sie sich gar noch neue Häuser einrichteten.

Manchmal war sie richtig entsetzt über die Gedanken, die ihr durch den Kopf flogen. Es gab Tage, da sie Jim haßte und ihn anschrie oder verspottete, bis sie merkte, daß ihr Verhalten ungeheuerlich wurde. Dann ging sie in die Kirche und kniete in einer dunklen Ecke nieder, bedeckte das Gesicht mit den Händen und betete. Selbst wenn Jim an nichts glaubte, sie tat es, und sie flehte um Einsicht in die Ursachen ihres Ärgers und ihrer Unzufriedenheit. Denn so sehr sie auch nachforschte, sie fand nirgends in ihrem Herzen wahre Feindseligkeit gegen Jim. Sie wußte, daß sie, wenn es von ihr verlangt würde, alles für ihn ertragen könnte. Doch gleichzeitig quälte sie der Anblick Matts und seine ganze Art zu sprechen und sich zu geben, obwohl er geduldig war und niemals klagte und sie dabei doch so schrecklich nötig hatte. Dann war sie geradezu maßlos ungeduldig mit Jim, der älter und derber wurde, ihr aber noch immer zärtlich zulächelte, als verstünde er die Qualen, die sie erduldete. Und vielleicht hatte er tatsächlich eine leise Ahnung. Eines Tages, als er ins Schlafzimmer kam und sie weinend auf dem Bett liegen sah, packte er ihre Hand und fuhr sie zornig an: »Warum willst du nicht versuchen, mehr in der Gegenwart zu leben?«

Sie war so verblüfft, daß sie zu weinen aufhörte und sogar versuchte, ihn um eine Erklärung seiner Worte zu bitten. Aber bei Fragen, die ihn und sie betrafen, drückte Jim sich selten klar oder auch nur zusammenhängend aus, und es blieb ihr überlassen, den Sinn selber herauszufinden. Es war ein Gedanke, den sie nicht erfassen konnte. Sie lebte doch gerade in der Gegenwart und haßte die Gegenwart! Er aber lebte in der Zukunft, in einer Zukunft, die er nicht mehr erleben würde. Er versuchte sich zu zügeln, weil er endlich einsah, wie sehr seine Pläne sie erbitterten, doch sie drängten sich übermächtig vor, und weil er fand, das Vorderzimmer sei zu dunkel und trübselig, ließ er ein großes Aussichtsfenster einsetzen, damit sie den wunderbaren Blick auf die Stadt genießen konnten, und draußen ließ er eine kleine Terrasse anlegen, wo sie sitzen und an schönen Sommerabenden ihren Kaffee trinken konnten. Sie sah sich alles teilnahmslos mit an, denn sie wußte, daß es nur für ein oder zwei Jahre war, und inzwischen saß Matt in seinem kleinen Haus am Fluß unten, verzehrte sich vor Kummer und wartete darauf, daß Jim stürbe, damit er den Traum seines Lebens verwirklichen konnte.

Dann wurde sie zu ihrer größten Verwunderung krank und von Argwohn erfaßt, es könnte etwas Ernstes sein. Es wurde ihr sogar klar, daß sie vielleicht nicht am Leben bliebe. Sie fürchtete sich nicht, denn sie hatte sich seit Jahren vorbereitet, in Gottes Gegenwart zu leben, doch sie war betroffen und entsetzt über die Art, wie jetzt ihr und Matts Leben zum Gespött zu werden drohten. Wieder war es der verrückte Filmvorführer, und wieder schien er die Filmstreifen so vertauscht zu haben, daß die Geschichte sinnlos wurde. Wer war die tapfere kleine Frau mit dem bleichen Gesicht, die mit den Ärzten scherzte, wenn sie versuchten, ihr wegen der Zukunft Mut zuzusprechen? Nein, das Drehbuch hatte keine Rolle für sie!

Sie kam ins Krankenhaus an der College Road, und Jim

besuchte sie täglich, saß bei ihr und sprach über Belangloses, bis eine Nonne kam und ihn verscheuchte. Er hatte das Haus in Fair Hill zugesperrt und sich ein Zimmer in der Nähe des Krankenhauses genommen, um in ihrer Nähe zu sein. Noch nie hatte sie einen Mann gesehen, der so besorgt und unglücklich war, und es lenkte sie von ihren Schmerzen ab, ihn zu necken. Sie flirtete sogar mit ihm, wie sie es seit ihrer Verlobungszeit nicht mehr getan hatte, und gab vor, sie hätte ihn sich damals gekapert. Und als Matt kam, wurde ihr schon von seinem bloßen Anblick übel. Wie konnte sie nur je daran gedacht haben, einen so sanften, ergebenen, intelligenten Mann zu heiraten? Jetzt ersehnte sie nichts weiter, als nach Fair Hill zurückzukehren und all die kleinen Verbesserungen zu genießen, die Jim zu ihrer beider Glück hatte ausführen lassen. Wie glücklich würde sie sein, wenn sie auf der Terrasse oder am Aussichtsfenster saß und auf die Stadt mit all ihren Türmchen und Türmen und Brücken niederblickte, die ein so seltsames, abgerissenes Gewirr von Lauten zu ihnen emporsandte! Doch als die Tage sich aneinanderreihten, erkannte sie mit ihrem klaren Scharfsinn, daß es ein Glück war, das sie mit Füßen getreten hatte und das sie nie würde genießen dürfen. Nur seinen Wert hatte sie schätzengelernt.

»Jim«, sagte sie am Tage, bevor sie starb, und legte ihre Hand in die seine, »du sollst wissen, daß es für mich niemanden außer dir gegeben hat.«

»Warum?« fragte er und versuchte, die Angst in seiner Miene zu vertuschen. »Hast du gedacht, daß ich das Gegenteil glaubte?«

»Ich habe dir genügend Grund dazu gegeben«, erwiderte sie reuig. »Ich konnte mich nie recht entschließen, nur ein einziges Mal, und dann habe ich nicht durchgehalten. Du mußt mir versprechen, daß du dich wieder verheiratest, wenn ich nicht durchkomme. Du bist so ein Mensch, der nicht glücklich sein kann, ohne jemand zu haben, für den er Pläne schmiedet.«

»Wirst du's nie lassen, in der Zukunft zu leben?« fragte er mit vorwurfsvollem Lächeln. Und dann hob er ihre Hand auf und küßte sie.

Es war ihr letztes Gespräch. Er verheiratete sich nicht wieder, auch nicht ihr zuliebe, obwohl er vor der Öffentlichkeit nicht den Eindruck eines Mannes erweckte, dem der Kummer das Herz gebrochen hatte. Im Gegenteil, bis ans Ende seiner Tage blieb er fröhlich und in bester Verfassung. Matt, der anders veranlagt war, verzieh ihm seine Gefühllosigkeit nicht so leicht.

Eine Minderheit

Denis Halligan bemerkte Willy Stein zum erstenmal an einem Sonntag, als die andern Jungen in der Messe waren. Weil Denis ein Protestant war, ging er nicht in die Messe. Statt dessen saß er neben Willy draußen auf der Kirchentreppe. Willy war ein magerer, kümmerlicher kleiner Bursche mit langen, unordentlichen Haaren. Es war an einem Herbstmorgen; um die Baumkronen waberte der Nebel, und der große Kranz der Berge, der sie hier inmitten Irlands einschloß und meilenweit von jeder Ortschaft abschnitt, war kaum zu sehen.

»Warum haben sie dich hierhergeschickt, wenn du doch ein Proddy bist?« fragte Willy.

»Weiß ich nicht«, antwortete Denis, der seine Herkunft so merkwürdig fand, daß er sie niemandem erklären mochte. »Vielleicht, weil's billig ist.«

»Ist dein Alter katholisch?« fragte Willy.

»Nein«, erwiderte Denis. »Deiner?«

»Nein«, sagte Willy verächtlich. »Er war'n Proddy. Meine Alte war auch 'ne Proddy.«

»Wo leben sie?« fragte Denis.

»Leben nicht mehr«, sagte Willy und spuckte aus. »Die verdammten Deutschen haben sie umgebracht.«

»Jemine«, seufzte Denis bedauernd. Er war eigentlich voller Bewunderung für alles, was deutsch war, vor allem für Panzergeneräle, und wenn er erst mal groß war, wollte er selbst ein Panzergeneral werden – aber daß sie Willys Vater und Mutter umgebracht hatten, schien bedauerlich. So schlimm es war, wenn die Eltern (wie bei ihm) getrennt lebten, war es doch noch schlimmer, wenn sie tot waren.

»War's 'ne Bombe?« fragte er.

»Nein«, antwortete Willy ohne übermäßige Rührung. »Sie

sind in einem Lager umgebracht worden. Mich hatten sie zu den Cummins in Dublin geschickt, sonst wär ich auch umgebracht worden. Die Cummins sind Katholsche. Deshalb haben die mich hierhergeschickt.«

»Gefällt's dir hier?« fragte Denis.

»Nein, gar nicht«, erklärte Willy verächtlich mit seinem Dubliner Slum-Akzent. Dann holte er seine Schleuder hervor und verpaßte ihr einen Stein. »In Wien hat's mir besser gefallen. Wien war Klasse! Wenn ich groß bin, lauf ich hier von der blöden Penne weg.«

»Aber was willst'n dann tun?«

»Och, dann geh ich zur See oder so was. Ist mir egal.«

Denis interessierte sich für Willy. Abgesehen von der Tatsache, daß sie die einzigen Proddies in der Schule waren, hielt er Willy für richtig abgebrüht, und so etwas bewunderte er heimlich. Er bemühte sich, selbst abgebrüht zu sein, aber er hatte eine weiche Ader, die ihm immer wieder zu schaffen machte. Sie meldete sich auch jetzt, wie er wußte. Obwohl er sah, daß Willy sich nicht die Bohne wegen seiner Eltern zu betrüben schien, hatte Denis doch Mitleid mit ihm, weil er hier inmitten von Irland ganz allein war, und Vater und Mutter tot und weltweit weg. Er sagte es auch am gleichen Nachmittag zu seinem Freund Nigel Healy aus Cork, aber Nigel blies nur verächtlich durch die Nase.

»Der Bursche ist doch verrückt«, sagte er überlegen.

»Wieso ist er verrückt?« fragte Denis.

»Darf nicht mal in den Ferien nach Hause gehen«, erklärte Nigel. »Er muß den ganzen Sommer über hierbleiben. Die Leute in Dublin waren nett zu ihm, aber was hat er gemacht? Hat ihnen alle Fensterscheiben eingeschlagen. Zweimal mußten sie die Polizei ins Haus holen. Er ist ganz versessen auf Schleudern.«

»Heute früh hatte er eine«, sagte Denis.

»Als er letztesmal mit einer erwischt wurde, haben sie ihn verprügelt«, erzählte Nigel. »Daran siehst du's ja, der Junge ist ohne Sinn und Verstand. Ich habe sogar mit angesehen, wie er Zucker auf sein Fleisch gestreut hat.«

»Warum hat er denn das getan?« fragte Denis.

»Hat gesagt, er mag's gern«, erwiderte Nigel lächelnd und zuckte die Achseln. »Eines schönen Tages wird er bestimmt geschaßt. Du mußt aufpassen, wenn du mit ihm zusammen bist.«

Aber aus irgendeinem Grund interessierte sich Denis von da an nur noch mehr für Willy Stein, und er freute sich darauf, ihn am nächsten Sonntag wieder allein zu treffen. Er war neugierig und wollte gern hören, weshalb die Deutschen Willys Eltern umgebracht hatten. Das kam ihm sehr seltsam vor – es sei denn, sie hätten für die Engländer spioniert.

Wieder saß er auf der Kirchentreppe. An diesem Morgen schien die Sonne warm und hell, und die Berge ringsum waren von einem leuchtenden Blau. Wenn Steins Eltern wirklich Spione gewesen waren, so schien Willy Stein noch nicht auf diese Idee gekommen zu sein. Wie er erzählte, war sein Vater Rechtsanwalt gewesen, und seine Mutter hatte für eine Zeitung gearbeitet, und er schien sich nicht mehr an vieles von ihnen erinnern zu können, ausgenommen, daß sie beide ›Klasse‹ waren. Seine Mutter war sanft und scheu gewesen und hatte ihm alles gegeben, was er hatte haben wollen, daher war sie ›ganz große Klasse‹. Sein Vater war überzeugt, daß sie ihren Jungen verdarb, und immer war er hinter Willy hergewesen, er müsse lernen und besser werden als die andern Jungen, und wenn sein Vater so redete, dann hatte sie immer geweint und gejammert und die Hände gerungen, aber das sei nur selten vorgekommen. Willys Vater war auch ›Klasse‹, aber nicht, wie Denis merkte, ›ganz große Klasse‹. Willy fuhrwerkte plötzlich mit den Händen umher und rief etwas in einer fremden Sprache.

»Was war das?« fragte Denis in höchster Bewunderung.

»Deutsch«, erwiderte Willy ablehnend.

»Was bedeutet es?« fragte Denis.

»Weiß nicht«, sagte Stein nachlässig.

Denis war enttäuscht. Für einen Jungen wie ihn, der sich für Panzer interessierte, wären ein paar Brocken Deutsch eines Tages von Nutzen gewesen. Er gewann den Eindruck, daß Stein nur so tat, als erinnere er sich an seine Eltern, die er jedoch verloren hatte, ehe er alt genug war, um sich wirklich erinnern zu können.

Ihr Gespräch wurde von Father Houlihan unterbrochen, einem großen, mürrischen Priester. Er hatte ein Magenleiden und war meistens gereizt, doch Denis wußte, daß Father Houlihan ihn gern hatte, und er bewunderte Father Houlihan. Er mochte bissig sein, aber er war nicht gemein.

»Oho«, rief er höhnisch, »was bildet ihr euch ein, ihr Spatzengesindel, hier draußen herumzusitzen?«

»Wir sind beurlaubt, Father«, antwortete Denis strahlend und sprang auf.

»Hier ist keiner beurlaubt, den ich nicht beurlaubt habe«, fauchte Father Houlihan vergnügt, »und ich beurlaube nicht jeden. Rein mit euch in die Messe, ihr Heiden!«

»Aber wir sind Protestanten, Father!« rief Willy Stein, und Denis fürchtete schon, die Röte auf Father Houlihans Stirn zu sehen, die andeutete, daß er zornig wurde.

»Haha, was für tüchtige Protestanten ihr seid!« prustete er gutmütig. »Ich wette, Willy, daß du in dieser Minute 'ne protestantische Schleuder in der Hosentasche hat, du Gauner!«

»Hab ich gar nicht!« schrie Willy Stein. »Sie wissen doch, daß Murphy sie mir weggenommen hat!«

»Für dich heißt er Mr. Murphy, mein Junge«, sagte der Priester, zupfte ihn scherzhaft am Ohr und stieß ihn zur Kirchentür. »Und wenn ich dich wieder mal mit einer Schleuder erwische, gebe ich deinem dürren protestantischen Hintern einen katholischen Rohrstock zu kosten.«

Die beiden Jungen gingen in die Kirche und saßen im Hintergrund nebeneinander auf einer Bank. Willy brummelte entrüstet vor sich hin. Er wartete, bis alle mit gesenkten Köpfen niederknieten. Dann holte er zu Denis' Entsetzen eine Schleuder und ein Stück Papier heraus, das er zu einem feuchten Kügelchen zusammenkaute. Er machte das alles nicht impulsiv oder überstürzt, sondern mit einer beinah frommen Andacht und Sammlung. Als die Glocke zur Wandlung läutete, machte es ›Päng!‹, und ein Seminarist, der seitlich in der Kirche kniete, fuhr sich mit der Hand ans Ohr und blickte sich ärgerlich um. Willy Stein war inzwischen auf die Knie gesunken und hatte seine Augen in verzückter Frömmigkeit geschlossen. Denis bekam keinen kleinen Schreck. Auch wenn er kein Katholik war, hatten ihn seine Eltern doch so erzogen, daß er jede Religion achten sollte.

Die ganze Angelegenheit – daß er zur Messe gehen mußte und sich als nicht dazugehörig empfand – verleidete es Denis Halligan, ein Proddy zu sein. Es hatte ihm nie gepaßt, sogar zu Hause nicht, als er noch jünger war. Er war gesellig und der geborene Anführer einer Bande, ein toller Organisator, und es schnitt ihm ins Herz, in jedem Augenblick befürchten zu müssen, daß seine Bande ihn im Stich ließ, weil er (ganz ohne eigene Schuld) kein Katholik war und rein zufällig mal was Verkehrtes sagen oder tun konnte. Er litt sogar unter dem stillen Druck, den die Schulbehörde auf ihn ausübte. Ein älterer Schüler namens Hanley, den Nigel spöttisch als »Halligans Engel« bezeichnete, wurde Denis zugewiesen – nicht, um ihn zu bekehren, sondern um ihm das richtige Verständnis für das religiöse Leben der Gruppe beizubringen. Hanley hatte sich davor an Stein anschließen wollen, doch das war hoffnungslos gewesen, weil Willy Stein die Freundschaft Hanleys als eine Garantie für Straffreiheit ansah, das heißt, er zog Hanley in alle möglichen verbotenen Unternehmungen hinein, einschließlich Rauchen und Stehlen. Als Willy eines Tages aus einem Lehrerzimmer eine goldene Krawattennadel stahl, mußte Hanley ihn melden. Um Hanleys willen wurde er nicht verprügelt, sondern nur aufgefordert, die

Krawattennadel wieder dort hinzulegen, wo er sie ›gefunden‹ hatte. Stein tat es, nahm aber die Gelegenheit wahr und stahl statt dessen fünf Shilling, und dieser Diebstahl wurde nur entdeckt, weil jemand ihn im Bett überraschte, als er mit offenem Munde schlief und die beiden Silbermünzen in seiner Backentasche versteckt hatte. Hanley, ein lieber und braver Schüler, erklärte daraufhin, es sei nicht Willys Schuld, er sei nur unausgeglichen.

Unter andern Umständen hätte Denis sich über Hanleys Freundschaft gefreut, doch es empörte ihn, daß er eine solche Spezialbehandlung erfahren und wie ein kleiner Junge umsorgt werden sollte, der sich nicht die Hose zuknöpfen kann.

»Hör mal, Hanley«, sagte er eines Tages ärgerlich, nachdem er und Nigel über Fußball gesprochen hatten und Hanley eine kleine Moralpredigt einschmuggeln wollte, »es nützt nichts, mir was vorzupriestern. Ich bin zwar ein Proddy, aber das ist nicht meine Schuld!«

»Oh, du brauchst doch kein Proddy zu sein, wenn du's nicht willst«, sagte Hanley lächelnd. »Nicht wahr?«

»Wie soll ich das wohl ändern?« entgegnete Denis.

»Na, wer soll dich denn hindern?«

»Meine Mutter, zum Beispiel.«

»Hast du's versucht?«

»Was meinst du, Hanley?«

»Ich meine, hast du sie gefragt?« fuhr Hanley auf die gleiche freimütige Art fort. »Ich bin gar nicht so sicher, ob sie es wirklich möchte, daß du ein Proddy bleibst.«

»Wie soll ich sie denn fragen?«

»Kannst ihr doch schreiben! Oder telefonieren«, fuhr er fort, als er den Ausdruck in Denis' Gesicht gewahrte, der sich natürlich davor graulte, einen Brief zu schreiben. »Father Houlihan würde dir sicher erlauben, das Telefon zu benutzen, wenn du ihn darum bittest. Oder ich könnte ihn fragen, wenn dir das lieber wäre.«

»Mach, was du willst«, erwiderte Denis, »mir ist's egal!«

Er glaubte nicht im Ernst, seine Mutter könne je einwilligen, aber er hatte nichts gegen einen kostenlosen Anruf einzuwenden, der es ihm ermöglichte, ihre Stimme zu hören. Zu seinem Erstaunen war sie gar nicht abgeneigt.

»Oh, natürlich, Liebling«, sagte sie freundlich. »Wenn dir danach zumute ist und wenn Father Houlihan nichts dagegen hat, bin ich auch nicht dagegen. Du weißt doch, daß ich nichts weiter will, als daß du dich in deiner Schule wohl fühlst!«

Es war eine ungeheure Erleichterung. Denis' Stellung in der Schule änderte sich über Nacht. Er war nicht länger ein Außenseiter. Er war einer, der zur Bande gehörte. Im Laufe der Zeit konnte er sogar oberster Anführer werden! Er war ein warmherziger Junge, und er hatte den Eindruck, daß er durch eine kleine Geste alle Welt glücklich gemacht hatte. Der einzige Mensch, der nicht allzu begeistert zu sein schien, war Father Houlihan, aber er war ohnehin nicht sehr begeisterungsfähig. »Mein toller kleiner Konvertit«, sagte er und zupfte Denis am Ohr, »hoffentlich fängst du nun auch umgehend an, deine Schulaufgaben zu machen.«

Doch im Augenblick, als er sich entschlossen hatte, überfiel ihn Willy Stein gegenüber ein gewisses Schuldgefühl. Wie wir schon sagten, war er nicht nur gesellig, sondern der geborene Bandenführer, und nun befürchtete er, jemand könne glauben, er habe einen Verbündeten im Stich gelassen, um sich selbst einen Vorteil zu sichern. Plötzlich packte ihn ein ungestümer Drang, auch Willy Stein zur Konversion zu bewegen, damit sie beide als Gruppe übernommen werden könnten. Er fand sogar, daß Willy noch eher dazu verpflichtet sei als er selber, denn dank einer gut katholischen Familie war Willy das Los seiner Eltern erspart geblieben, und das mindeste, was jene Leute erwarten konnten, war schließlich, daß Willy ihnen und der Schule und Irland gegenüber seine Dankbarkeit bewies.

Aber Willy Stein schien für Theologie überhaupt keine Ader zu besitzen. Immer, wenn Denis religiöse Fragen mit ihm erörtern wollte, hatte er das Gefühl, als plane Willy insgeheim schon wieder einen neuen Streich.

»Also hör mal, Willy«, rief er im Befehlston, »du kannst doch kein blöder Proddy bleiben!«

»Katholik will ich auch nicht werden«, sagte Willy und zuckte die Achsel.

»Willst du denn nicht so sein wie alle andern in der Schule?«

»Warum wollen die nicht so sein wie ich bin?« entgegnete Willy.

»Weil wir bloß zweie sind, und von den andern sind Hunderte da! Und sie haben recht.«

»Und wenn von uns Hunderte da wären und von denen bloß zweie, dann wären wir wohl im Recht?« fragte Willy höhnisch. »Du willst wie alle andern sein. All right, sei du wie die andern, aber mich laß gefälligst in Ruhe!«

»Ich sag's nur zu deinem Besten«, erklärte Denis und wurde wütend. Was ihn wirklich wütend machte, war die Ahnung, daß Willy Stein überhaupt nicht mit ihm sprach, sondern daß er genauso einsam und verlassen war, wie es Denis unter ähnlichen Umständen auch gewesen wäre, nur wollte Willy es nicht eingestehen und nicht klein beigeben, wie Denis es getan hatte. Am liebsten hätte er Willy eine ins Gesicht geknallt, aber er wußte, auch das hätte nichts genützt. Willy Stein wurde ständig geschlagen, und jedesmal schrie er Zetermordio, und am nächsten Tag tat er doch nur wieder, was er nicht tun sollte. Jeder wollte immerfort zu Steins Bestem handeln, und jedesmal endete es mit einer Keilerei, und nützen tat's ihm überhaupt nicht.

Denis vertraute Hanley seinen Kummer an, der zwar auch voller Besorgnis um Willys Wohl war, aber traurig den Kopf schüttelte.

»Ich weiß mehr darüber als du, Denis«, sagte er und tat ganz väterlich. »Ich will es dir verraten, wenn du mir versprichst, es keiner Menschenseele weiterzuerzählen.«

»Was ist's denn?« fragte Denis eifrig.

»Versprich's erst! Du mußt bedenken, es ist ernst!«

»O sicher, ich verspreche es dir!«

»Es ist nämlich so: Stein ist überhaupt kein Proddy«, erklärte Hanley bekümmert.

»Was ist er denn?«

»Willy Stein ist ein Jude«, flüsterte Hanley. »Deshalb wurden seine Eltern umgebracht. Das weiß aber niemand.«

»Weiß Willy denn, daß er ein Jude ist?« fragte Denis aufgeregt.

»Nein. Und vergiß nicht: wir dürfen es auch nicht wissen! Niemand weiß es, ausgenommen die Priester und wir.«

»Aber warum sagt's ihm denn niemand?«

»Wenn er's wüßte, dann könnte er's ausplappern – du weißt ja, er ist nicht ganz gescheit –, und dann würden die andern Jungen ihn hänseln. Denke dran, Denis: wenn du es jemals weitersagst, schlägt Father Houlihan dich grün und blau! Er sagt, der Willy Stein hat schon genug gelitten. Stein tut ihm leid. Vergiß nie, daß ich dich gewarnt habe!«

»Aber ist es nicht gräßlich für ihn, wenn er's dann mal entdeckt?«

»Wenn er älter ist und eine Stelle hat, kann es ihm nicht mehr so viel ausmachen«, meinte Hanley.

Doch davon war Denis nicht überzeugt. Er hatte so eine dunkle Ahnung, daß Stein nur deshalb ein Proddy bleiben wollte, weil seine Eltern auch protestantisch gewesen waren und weil es jetzt das letzte Band war, das ihn mit ihnen verband, und wenn es ihm jemand verriet, würde es ihm nicht soviel ausmachen, und wahrscheinlich würde er dann katholisch werden, genau wie Denis. Wenn er erst hinterher entdeckte, daß alles falsch war, was er getan hatte, war es vielleicht zu spät. Und das – zusammen mit der Tatsache, daß Father Houlihan, den Denis bewunderte, Mitleid mit Willy hatte – verstärkte nur noch sein Schuldgefühl, und er wünschte beinah, er hätte es nicht so eilig gehabt, katholisch zu werden. Denis war kein guter Schüler, doch er war der geborene Anführer, der seine Leute nie im Stich ließ.

Die Aufregung, die mit seiner Aufnahme in die katholische Kirche verbunden war, verscheuchte fast jeden Gedanken an Willy Stein. Am Sonntag, an dem er in die Kirche aufgenommen wurde, durfte er lange schlafen, und der Seminarist Murphy brachte ihm sogar Witzblätter, die er im Bett lesen sollte. Das war wirklich schick! Dann zog er seinen besten Anzug an und ging hinunter, um seine Mutter und seine Schwester zu begrüßen, die in einem Taxi hergekommen waren. Endlich einmal war Martha voller Respekt vor ihm, und der Anblick der Kirche machte sogar noch mehr Eindruck auf sie. Vor dem Hochaltar stand ein Betstuhl speziell für Denis, und hinter ihm war eine Bank für seine Mutter und seine Schwester reserviert worden.

Später erinnerte sich Denis, daß er nicht eine einzige falsche Bewegung gemacht hatte. Nur einmal wurde seine feierliche Stimmung getrübt, als er nämlich das leise ›Päng‹ einer Schleuder hörte und begriff, daß Stein, der allein in der hintersten Reihe saß, sich die Zeit vertrieb und neuen Unfug anstellte. Trotz all seiner frommen Gedanken wurde Denis von Wut gepackt, und während eines kurzen Moments nahm er sich vor, Willy zu suchen, wenn alles vorbei war, und ihn windelweich zu prügeln.

Doch statt dessen war er, als alles vorbei war, plötzlich sehr bedrückt. Er konnte nicht länger Eindruck auf Martha machen! Sie war seine ein knappes Jahr jüngere Schwester, die vor Eifersucht platzte, weil er im Mittelpunkt des allgemeinen Interesses stand. Sie wußte genau, wie hübsch sie als Konvertitin ausgesehen haben würde, und der Neid fraß an ihr und machte sie ganz verrückt.

»Ich laß es mir nicht gefallen«, sagte sie. »Ich will auch katholisch werden!«

»Wer will dich denn dran hindern?« rief Denis.

»Niemand kann mich dran hindern«, entgegnete Martha.

»Daß Pappi dich gern hat, das bedeutet noch lange nicht, daß ich nicht auch katholisch werden kann!«

»Was hat denn das mit Pappi zu tun?« fragte Denis und spürte, wie sich eine ahnungsvolle Unruhe in ihm regte.

»Das Gericht erlaubt nicht, daß du zu Pappi kommst, weil du jetzt katholisch bist«, erklärte Martha hitzig. »Denn Pappi ist ein Atheist oder so was, und er wollte dich gern für sich behalten. Er wollte dich von Mammi weglotsen. Aber mir ist Pappi egal. Ich will auch konvertiert werden!«

»Unsinn!« grollte Denis und merkte, wie seine feierliche Stimmung verflog. »Du bist bloß ein alter Nachmacher!«

»Ich bin gar kein Nachmacher, mein lieber Herr«, erwiderte sie erbost. »Es ist bloß deswegen, weil du dich immer bei Pappi eingeschmeichelt hast und ich nicht, *darum* macht er sich nichts aus mir! Und ich mach mir nichts aus ihm – also!«

Denis wurde von einem jähen Schreck gepackt. Irgendwie dämmerte es ihm, daß das, was er getan hatte, Folgen haben könnte, von denen er nichts geahnt hatte. Er spürte kein besonderes Verlangen, bei seinem Vater zu wohnen, aber sein Vater hatte ihn manchmal in der Schule besucht, und dann hatte er bei sich gedacht, falls ihm das Leben zu Hause bei seiner Mutter und seiner Schwester verleidet wäre, würde ihn sein Vater jederzeit bei sich aufnehmen. Kein Mensch hatte ihm gesagt, er habe es, als er katholisch wurde, seinem Vater unmöglich gemacht, ihn zu sich zu holen. Er blickte sich um und sah Willy Stein, der mager und blaß aus der Kapelle schlich und verstohlen die Hand in die Tasche steckte, um seine Schleuder zu umklammern. Er grinste Denis ohne Bosheit an, aber Denis zog die Brauen zusammen und blickte weg.

»Wer ist das?« fragte Martha neugierig.

»Ach, der?« entgegnete Denis verächtlich. »Das ist bloß 'n dreckiger Judenbengel!«

Doch schon während er es aussprach, wußte er, daß es falsch war. Was er Willy Stein gegenüber empfand, war nichts als glühender Neid. Niemand hatte ihm gesagt, daß er seinem Vater nicht treu bliebe, wenn er katholisch würde, aber auch Willy war es nicht gesagt worden, und trotzdem hatte er sich allein und verzweiflungsvoll an einen Glauben geklammert, der nicht einmal sein eigener war – alles wegen seines Vaters und seiner Mutter, die er beinah vergessen hatte und die in einem fernen Land umgebracht worden waren, so daß er sie niemals wiedersehen würde. Während eines flüchtigen Augenblicks sah Denis den schmutzigen kleinen Missetäter, den jedermann bemitleidete und verachtete, von einem Glorienschein umgeben, der ihm, Denis, niemals zukommen würde.

Das Wunder

Eitelkeit war, wie der Bischof meinte, die größte Schwäche des Herrn Kanonikus, und ein Körnchen Wahrheit mochte wohl daran sein. Der Kanonikus war ein großer, hübscher Mann mit starkem Kinn und trügerisch demütigem Benehmen. Er beklagte die Tatsache, daß so viele von den jungen Priestern aus armen Familien stammten, wo man von guten Manieren keine Ahnung hatte, und erinnerte sich voller Bedauern an die gute alte Zeit, als jeder Priester, wie er behauptete, seinen Vergil las. In bezug auf gutes Essen und gute Weine wollte er gerne eine Autorität sein, und seinen Kaffee mahlte und braute er sich selbst. Er hatte sich geweigert, in der baufälligen alten Pfarre zu wohnen, die schon Generationen von Priestern gedient hatte, und sich ein neues Haus gebaut, das nur noch dem bischöflichen Palast nachstand und innen mit bedeutend mehr Geschmack und Kosten eingerichtet war. Seine erste Neuerung in der Pfarrgemeinde bezog sich auf die Beiträge, die in der ganzen christlichen Welt zu Ostern und zu Weihnachten bezahlt werden, die er aber jetzt viermal im Jahr bezahlen ließ. Es sei wegen der armen Leute, behauptete er, die so hohe Summen nicht zweimal jährlich aufbringen konnten, und deshalb verkleinere er den Beitrag auf diese Art; aber in Wirklichkeit verhielt es sich so, daß er fand, die Beiträge seien viel zu niedrig angesetzt und vertrügen sich in keiner Weise mit der Würde seines Amtes. Als er das Haus baute, ließ er sie fünfmal im Jahr erheben, und obendrein veranstaltete er noch ein paar Verlosungen und ließ eine öffentliche Liste umgehen. Er verabscheute es, Schulden zu haben. Und so aß er nun seine erlesenen Mahlzeiten mit den dazu passenden Weinen, braute sich seinen Kaffee, trank grünen Chartreuse und vertiefte sich gelegentlich in die Kirchengeschichte. Er las gern von der guten alten Zeit, als es den geistlichen Herren noch wirklich wohl erging.

Der Kanonikus fand es widerwärtig, daß die niedrigen Bevölkerungsschichten sich in den geistlichen Stand drängten und hohe Ämter errangen; ein wahrer Jammer war es jedoch, wie sich neue Männer mit neuen Methoden die alten Privilegien und Funktionen anmaßten und daß die Wunder jetzt mit Hilfe von Arzneifläschchen und Injektionsspritzen verrichtet wurden. Er hielt es für eine sehr unwürdige Art, Wunder zu tun, und sein Gemüt war jedesmal tief bekümmert, wenn ein neues Heilmittel erfunden wurde, das die Medizinmänner noch unentbehrlicher machte, als sie es heutzutage schon waren. Ihm hätte es besser gefallen, wenn die Ärzte wie in der guten alten Zeit noch Krämer und Bader geblieben wären, und er war – obwohl er es nie zugegeben hätte – so eifersüchtig wie eine Primadonna auf die Art, wie sich Doktor Bob Healy einmischte, wenn es ums Wohl und Wehe seiner Schäflein ging. Am liebsten hätte er alles selbst gemacht, und manchmal dachte er voller Bedauern, es sei eine seltsame Dispensation der Vorsehung, daß die Kirche in Zeiten, da sie am meisten gefährdet war, sich nicht auf ihr altes Vorrecht berufen und hin und wieder ein echtes Wunder verrichten könne. Der Kanonikus wußte, daß er ein Wunder gehörig in Szene gesetzt hätte. Er war der Mann dazu.

Sicher war an der Meinung des Bischofs etwas Wahres. Der Kanonikus haßte jegliche Konkurrenz. Er mochte den jungen Doktor Devaney gern, weil er so tat, als hielte er alle Medizin für Hokuspokus (was der Kanonikus selber tatsächlich glaubte), und nahm Bob Healy gegenüber einen absprechenden Standpunkt ein, so daß Bob Healys Praxis ziemlich abnahm. Wenn der Kanonikus einen Sterbenden besuchte, dann vergaß er nie zu fragen: »Wer behandelte ihn?« Wenn er hörte, »Doktor Devaney«, dann sagte er: »Ein tüchtiger junger Mann!«, aber wenn es hieß: »Doktor Healy«, dann nickte er nur und setzte eine ernste Miene auf, und jedermann ersah daraus, daß Bobby den unglückseligen Patienten wie üblich umgebracht hatte. Wenn sich die beiden Männer einmal begegneten, dann war der Kanonikus höflich und leutselig, Bobby war respektvoll und zuvorkommend, und kein Mensch hätte dem Gesicht des Doktors entnehmen können, ob er wußte, was gespielt wurde. Doch es gab nicht viele Dinge, die Bobby nicht wußte. Eine gewisse Sorte Schlauheit ist noch gewitzigter als die der schlauesten Geistlichen: das ist die Bauernschläue. Doktor Healy besaß sie.

Doch lebte in der Pfarrgemeinde ein Mann, den der Kanonikus noch weniger leiden konnte als den Doktor Healy. Es war ein Mann namens Bill Enright. Dem Namen nach war Bill ein Farmer und Greyhound-Züchter; in Wirklichkeit war er der letzte Sproß einer Familie von Banditen, die seit Generationen die Gegend in Schach hielten. Er war ein großer, hagerer Mensch mit blondem Haar und einem winzigen goldenen Schnurrbart, vollkommen rosiger Babygesichtsfarbe und einem Paar strahlender blauer Augen, die einen starren, weitoffenen Tierblick hatten. Seine Backenknochen saßen so hoch, als wollten sie nächstens durch die Haut stechen, was den Augen einen orientalisch schrägen Schnitt verlieh und zusammen mit der niedrigen, scharf abfallenden Stirn den Eindruck erweckte, als strebe das ganze Gesicht der scharfen Nasenspitze zu und verjünge sich dann wiederum zu den hohen, sehr scharfen und sehr weißen Schneidezähnen, einer hängenden Unterlippe und einem kleinen, unbedeutenden, weibischen Kinn.

Nun war Bill, wie er es jedermann auch sofort versicherte, kein schlechter Mensch. Er war konservativ und tat einfach, was sein Vater und sein Großvater auch schon getan hatten. Er war zur Messe und zur Kommunion gegangen und hatte sogar viermal im Jahr seine Beiträge bezahlt, was gegen seinen konservativen Sinn verstieß, und war gern bereit, den Kanonikus als Banditen gleichen Ranges willkommen zu heißen. Der Kanonikus war jedoch beleidigt gewesen über das

Ansinnen, mit Bill auf einer Stufe zu stehen, und nahm sich vor, zu beweisen, daß der letzte Enright ein gewöhnlicher Schurke sei, der ins Gefängnis gehöre. Bill lebte bekanntermaßen in Sünde mit seiner Haushälterin Nellie Mahony aus Doonamon, und der Kanonikus befahl ihr, das Haus Bills zu verlassen. Als er es nicht durchsetzen konnte, steckte er sich hinter ihre Brüder und verlangte, sie sollten sie heimschaffen, aber die Brüder hatten zuviel Erfahrung mit den Enrights, um sich auf ein so riskantes Abenteuer mit Bill einzulassen, und Nell blieb bei ihm wohnen, während Bill offen erklärte, er hielte nichts mehr von der Religion, und nicht mehr zur Messe ging. Die Leute waren sich einig, daß es nicht allein Bills Fehler sei; der Kanonikus könne es eben nicht vertragen, wenn auch noch jemand anders einen eigenen Willen habe . . . er habe voreilig gehandelt.

Andrerseits war Bill Enright durch die stärksten Bande mit Bobby Healy verknüpft, die einen Enright zu fesseln vermochten, denn der Doktor hatte ihm einmal einen Greyhound geheilt, die Mutter von King-Kong. Vier- oder fünfmal im Jahr wurde er geholt, um Bill nach einer zu starken Dosis Whisky zu kurieren; Bill schuldete ihm soviel Geld, wie man einem Freunde schulden darf, und alle Freunde Bills wußten, daß es für sie, wenn sie in Schwierigkeiten waren, empfehlenswert war, Doktor Healy kommen zu lassen, falls sie nicht in noch größere Schwierigkeiten kommen wollten. Einerlei, was der Kanonikus dachte – Bill war ein Mann, bei dem es sich lohnte, wenn man gut mit ihm stand.

Eines Tages im Frühling erhielt Bobby eine der üblichen Aufforderungen, zu Bill zu kommen. Bill wohnte in einem schönen georgischen Haus etwa eine Meile außerhalb der Stadt. Früher hatte es den Rowes gehört, aber Bill hatte sie höchst einfach daraus vertrieben, indem er ihnen das Leben zur Hölle machte. Die Allee war verwildert, und das Haus mit seinem schönen ionischen Portal sah schmutzig und verfallen aus. Zwei Hunde standen auf und kläfften ihn freundnachbarlich an. Sie fanden es scheußlich, wenn Bill krank war, und sie wußten, daß Bobby Tricks kannte, um ihn wieder auf die Beine zu bringen.

Nellie Mahony machte ihm die Tür auf. Sie war ein kleines, dralles Mädchen vom Lande mit rosiger Haut und einer Unmenge rabenschwarzen Haars, das fast so glänzend funkelte wie ihre Augen. Der Doktor, den es manchmal lockte, den Liebenswürdigen zu spielen, nahm sie bei der Taille, und sie quietschte vor Lachen auf und brach sofort ab.

»Oje, Herr Doktor«, sagte sie vorwurfsvoll, »Sie sollten sich was schämen, wo's uns so schlecht geht!«

»Wieso denn, Nellie?« fragte er besorgt. »Ist's denn nicht das Übliche?«

»Das Übliche!« schrie sie. Sie hatte eine Manier, die letzten Worte ihres Gegenübers aufzugreifen und mit schriller Stimme, eine ganze Oktave höher, zu wiederholen, wie eine Geige, die einen Tonsatz der großen Baßgeige wiederholt. Dramatisch schnell ließ sie die Stimme sinken, flüsterte und tupfte sich mit der Schürze über die Augen. »Er liegt im Sterben, Herr Doktor!«

»Großer Gott!« flüsterte der Arzt. Das Leben hatte seine Grundsätze beträchtlich abgeschliffen, und die Tatsache, daß Bill im Verdacht stand, an mindestens einem Mord mitbeteiligt zu sein, beeinflußte seine Haltung nicht im geringsten. »Was ist ihm denn zugestoßen? Am Montag habe ich ihn noch in der Stadt getroffen, und er sah so wohl aus wie lange nicht.«

»So wohl wie lange nicht?« echoten die Geigen, während Nellies schwarze Augen eine tragische Erregung widerspiegelten, die an Freude grenzte. »Und ist er mir dann nicht am Dienstagmorgen bei strömendem Regen ausgegangen, mit drei Männern und zwei Hunden, und kam nicht vor Freitagabend wieder, mit dem Resultat« (das war ein Lieblingsausdruck Nellies, auf den sie immer eine Pause und einen Wechsel der Tonhöhe folgen ließ), »daß er sich erkältet und das Bett seither nicht mehr verlassen hat!«

»Was erzählst du Bobby da für Sachen?« krächzte oben eine Männerstimme. Sie klang fast ebenso hoch wie Nellies, doch mit einem aufgeregten, wilden Zittern darin.

»Was ich Bobby erzähle?« echote sie mechanisch. »Ich erzähl ihm überhaupt nichts.«

»Na, dann halte ihn nicht unten fest, nachdem ich schon den ganzen Tag auf ihn warten mußte.«

»An seiner Lunge kann er jedenfalls nichts haben«, stellte der Arzt sachlich fest, während er die Treppe hinaufstieg. Das Treppenhaus war kahl und feucht. Es war Bill Enrights ewiger Ärger, daß die Rowes so geizig gewesen waren, alle Möbel mit nach England zu nehmen.

Er saß aufrecht in seiner eisernen Bettstelle, und das graue Nachmittagslicht und die weißen Kissen betonten seine lebhaften Farben, die infolge des Fiebers noch stärker glühten.

»Was hat sie Ihnen erzählt?« fragte er mit seiner hohen Stimme – einer durchdringenden und gefühllosen Stimme, wie man sie sich bei einem hinterlistigen und flinken Raubtier vorstellen könnte, etwa bei einem Fuchs.

»Was ich ihm erzählt habe?« echote Nellie dreist, die den Doktor und seine Autorität als Rückenstärkung neben sich wußte. »Ich habe ihm erzählt, daß du mit drei Männern und zwei Hunden losgezogen und erst am Freitagabend zurückgekommen bist.«

»Ach, Bill«, sagte der Doktor vorwurfsvoll, »wie oft hab ich Sie schon gebeten, Sie sollten sich mit Frauen und Katzen begnügen! Was fehlt Ihnen?«

»Mir geht's verdammt schlecht«, jammerte Bill.

»So sehen Sie auch aus«, sagte Bobby aufrichtig. »Danke, Nellie«, schloß er, wie um sie fortzuschicken.

»Und mach unten tüchtig Lärm!« rief Bill ihr nach.

Bobby untersuchte seinen Patienten gründlich. Soweit er es sehen konnte, fehlte ihm nichts weiter, er hatte nur eine

Erkältung, aber aus der Art, mit der Bills aufgeregte blaue Augen ihn dauernd beobachteten, konnte er schließen, daß der Mann in Todesängsten schwebte. Er überlegte, ob er ihm noch mehr Angst machen sollte, wie er es manchmal tat. Es stand mit seiner Berufsehre in Widerspruch, aber es war die einzige Heilmethode, die immer half, und bei den meisten seiner männlichen Patienten war er gezwungen, einen Augenblick zu wählen, wenn eine angedrohte Herzkrankheit oder Leberschrumpfung ihren Alkoholkonsum auf ein vernünftiges Maß herabsetzte, ehe es zu spät war. Dann kam ihm eine Erleuchtung – glänzend wie der Himmel, der sich den armen Sündern auftut –, und ein paar Minuten saß er schweigend da und überdachte seinen Plan. Drohungen vermochten bei Bill Enright nichts auszurichten. Was Bill brauchte, war ein Wunder, und Wunder konnte man nicht auf die leichte Schulter nehmen. Ein gehöriges Wunder konnte dem Doktor ebenso guttun wie dem Patienten Bill.

»Was ist, Bobby?« fragte Bill, dessen Nerven dem Zerreißen nahe waren.

»Wann waren Sie das letzte Mal zur Beichte, Bill?« fragte der Doktor ernst.

Bills rosiges Gesicht wurde wachsbleich, und der Doktor, der ein gutmütiger Mensch war, schämte sich fast.

»Steht's schon so mit mir, Bobby?« fragte Bill mit schriller, tonloser Stimme.

»Vielleicht sehe ich zu schwarz, Bill«, sagte der Doktor, der schon weich wurde. »Vielleicht sollte man die Ansicht eines zweiten Arztes hören.«

»Ihre Ansicht genügt mir, Bobby«, rief Bill aufgeregt und sammelte glühende Kohlen auf Bobbys Haupt. Er setzte sich im Bett hoch und zog die Leintücher fest um sich. »Nehmen Sie eine Zigarette und gönnen Sie mir auch eine. Was macht das jetzt schon aus? Ich habe mein Leben gehabt und die besten Greyhounds von Europa gezüchtet.«

»Und Sie werden hoffentlich noch viele züchten«, sagte der Arzt. »Soll ich den Kanonikus kommen lassen?«

»Den feinen Max?« schnarrte Bill empört. »Auf keinen Fall.«

»Er macht's nur ein bißchen ungeschickt«, seufzte der Arzt. »Aber ich könnte Ihnen jemand anders besorgen.«

»Ach, was, zum Teufel, soll ich mit so einem?« rief Bill. »Geld! Geld! Das ist ihre einzige Sorge.«

»Oh, das möchte ich aber doch nicht sagen, Bill«, meinte der Doktor nachdenklich, als er im Zimmer auf und ab ging. Sein verrunzeltes altes Gesicht war so grau wie sein Homespun-Anzug, als er besorgt hinzufügte: »Hoffentlich finden Sie nicht, daß ich mich einmische – ich spreche wirklich als Freund.«

»Ich weiß, daß Sie es gut meinen, Bobby.«

»Aber sehen Sie, Bill«, fuhr er fort und zog die linke Backe hoch, als ob sie ihn schmerze, »ich habe so ein Gefühl, als ob Sie überhaupt eine ganz andere Art von Priester brauchen. Ich sage natürlich gar nichts gegen den Kanonikus, aber schließlich ist er doch ein Weltgeistlicher. Sie haben sich wohl noch nie mit einem Jesuiten unterhalten, nehme ich an?«

Der Doktor stellte die Frage mit unschuldiger Miene, als ob er nicht gewußt hätte, daß ein Weltgeistlicher nichts so sehr fürchtet als (abgesehen vom Pferdefüßigen persönlich) einen Jesuiten, und daß ein Jesuit dem Kanonikus ganz besonders widerwärtig war, denn der war der Ansicht, aller Verstand und alle Autorität, deren seine Schäflein bedürften, seien in ihm selber vereinigt.

»Noch nie«, sagte Bill.

»Es ist ein sehr gebildeter Orden«, sagte der Arzt.

»Was, zum Teufel, soll ich mit einem Jesuiten?« wehrte sich Bill. »Ein guter Tropfen und ein Weiberrock – was können die wohl schaden?«

»Oh, natürlich gar nichts, Bill«, gab Bobby schlau zu. »Sie haben kein sündhaftes Leben geführt.«

»Nie«, sagte Bill und verfiel plötzlich in Selbstbemitleidung. »Ich bin allen, die ich leiden konnte, ein guter Freund gewesen.«

»Und Sie wissen ja – der Kanonikus würde es als persönliche Gunst auffassen, wenn Ihnen irgend etwas zustieße – unter uns gesagt.«

»Ja, Bobby«, rief Bill, und angesichts solcher Ungerechtigkeit wurde seine Stimme fester. »Sie sprechen als Freund und wie ein Christ! Ich tue alles, um ihm die Pläne zu durchkreuzen! Ich könnte den Jesuiten ein paar Pfund fürs Messelesen hinterlassen«, fuhr er in wachsender Begeisterung fort. »Dann würde dem Kanonikus das Herz brechen! Geld ist das einzige, woran er hängt!«

»Ach, das möchte ich doch nicht behaupten, Bill!« sagte Bobby und wurde ein bißchen ängstlich. Sein Vorhaben war sehr heikler Natur, und Bill war für seinen Geschmack ein viel zu gelehriger Schüler.

»Sie behaupten es nicht, aber Sie meinen es«, sagte Bill voller Überzeugung. »Schon recht, Bobby. Sie haben recht, wie immer. Bringen Sie mir, wen Sie wollen, und ich werde ihn reden lassen. Worte tun keinem Menschen weh, Bobby.«

Der Arzt ging die Treppe hinunter und fand Nellie unten, die mit besorgter Miene auf ihn gewartet hatte.

»Ich fahre schnell nach Aharna und hole einen Priester, Nellie«, flüsterte er. »Du kannst schon alles vorbereiten, während ich unterwegs bin!«

»Was – geht's ihm so schlecht?« fragte sie und wurde blaß.

»Oh, wir wollen das Beste hoffen«, erwiderte er und schämte sich wieder.

In sehr nachdenklicher Stimmung fuhr er nach Aharna, wo ein ehemaliger Bischof namens McGinty, an den man sich in geistlichen Kreisen nur voller Kummer erinnerte, den Jesuiten erlaubt hatte, sich niederzulassen. Dort hatte der Doktor einen Freund namens Vater Finnegan, einen untersetzten Mann von mittleren Jahren mit verschwiegenen Lippen und kleinen Büscheln weißen Haars in den Ohren. Bobby sagte ihm vermutlich nicht alles, was er auf dem Herzen hatte, und Vater Finnegan nahm das auch gar nicht an, aber einem Jesuiten bleibt nur wenig verborgen, und Vater Finnegan wußte, daß das hier eine einmalige Gelegenheit war.

Als sie in die Allee einbogen, stürzte Nellie heraus, um sie zu begrüßen.

»Was ist denn, Nellie?« fragte der Doktor ängstlich. Er konnte nicht verhindern, daß ihn Furcht überfiel, Bill könne ihm im letzten Augenblick einen Streich spielen und vor lauter Panikstimmung sterben.

»Er ist verrückt geworden, Herr Doktor«, sagte sie so vorwurfsvoll, als ob sie nie geglaubt hätte, daß ein studierter Arzt ihr so etwas antun könne.

»Wann ist er verrückt geworden?« fragte Bobby ungläubig.

»Als er gesehen hat, wie ich den Altar zurechtgemacht habe. Jetzt hat er die Tür verbarrikadiert und droht, er würde auf alle schießen, die zu ihm kommen wollen.«

»Das ist alles nicht schlimm, mein liebes gutes Kind«, sagte Vater Finnegan beruhigend. »Kranke Menschen führen sich oft so auf.«

»Hat er ein Gewehr, Nellie?« fragte Bobby vorsichtshalber.

»Haben Sie schon mal gesehen, daß er keins hatte?« erwiderte Nellie.

Der Arzt, der ziemlich zaghafter Natur war, bewunderte seinen Freund, als sie beide die Treppe hinaufstiegen. Während Bobby anklopfte, stand Vater Finnegan an der Tür, hatte die Hände auf dem Rücken und den Kopf meditierend gesenkt.

»Wer ist da?« fragte Bill mit schriller Stimme.

»Ich bin's bloß, Bill«, erwiderte der Arzt besänftigend, »darf ich hereinkommen?«

»Ich bin zu krank«, schrie Bill. »Ich kann keinen Menschen empfangen!«

»Einen Augenblick«, sagte Vater Finnegan gelassen und stemmte die Schulter gegen die Tür. Die Barrikade gab nach, und sie traten ein. Ein Blick genügte, um Bobby zu beweisen, daß Bill vor Angst vollkommen verrückt war. Ein Gewehr hatte er nicht, aber das war auch alles, was noch fehlte, um Bobby nicht an einen gestellten Gangster zu erinnern. Er saß aufrecht da, stützte sich auf die Ellbogen, hatte den Hals nach vorn gereckt, und die grellen blauen Augen sahen blicklos vom Priester zu Bobby und von Bobby zu dem improvisierten Altar. Bobby war besorgt und bekümmert, Bill könne ihn im Stich lassen. Man hätte ebensogut versuchen können, einen Zooinsassen zu bekehren.

»Ich bin Vater Finnegan, Mr. Enright«, sagte der Jesuit und trat mit ausgestreckter Hand auf ihn zu.

»Ich hab Sie nicht bestellt«, schnauzte Bill ihn an.

»Das weiß ich zu schätzen, Mr. Enright«, sagte der Priester. »Aber jeder Freund von Doktor Healy ist auch mein Freund. Wollen Sie mir nicht die Hand geben?«

»Meinetwegen«, wimmerte Bill und vergönnte ihm eine leise Berührung seiner schlaffen Pfote, ohne ihn jedoch anzusehen. »Aber ich warne Sie, ich bin kein frommer Jüngling! Hab mir nie etwas aus all solchen Sachen gemacht! Wer etwa glaubt, ich sei keine harte Nuß, kann sich auf liebliche Überraschungen gefaßt machen!«

»Wenn ich harte Nüsse knacken wollte, wäre ich ganz Ihrer Meinung«, entgegnete Vater Finnegan gewandt. »Sie sehen mir ganz danach aus, daß Sie allein für sich sorgen können.«

Bill ließ einen rauhen Schnaufer hören, der andeuten sollte, wieviel er über dieses Thema sagen könnte, wenn die Gelegenheit etwas günstiger wäre. Seine Augen wanderten immer noch blicklos hierhin und dorthin, wie ein Spiegel in der Hand eines Kindes; aber Bobby spürte, daß der Priester den richtigen Ton getroffen hatte. Er schloß leise hinter sich die Tür und ging in den Salon hinunter. Die sechs Fenster boten Ausblick auf drei verschiedene Landschaften. Das Muhen der Kühe irgendwo in der Ferne drang ihm friedlich ins Ohr. Plötzlich fluchte er und riß die Tür zur Halle auf. Nellie saß ganz gemütlich oben auf der Treppe und spitzte die Ohren. Er winkte ihr zu, nach unten zu kommen.

»Was ist denn, Herr Doktor?« fragte sie überrascht.

»Bring eine Lampe! Und vergiß nicht, der Priester muß ein Abendbrot vorgesetzt bekommen!«

»Sie glauben doch wohl nicht, ich hätte gelauscht?« fragte sie entrüstet.

»Nein«, sagte Bobby trocken. »Du hast ausgesehen, als ob du an der heiligen Handlung teilhaben willst.«

»An der heiligen Handlung teilhaben?« rief sie. »Seit sechs Uhr bin ich auf den Beinen und bediene ihn hinten und vorne, mit dem Resultat, daß ich todmüde auf der Treppe zusammengebrochen bin. Glauben Sie mir das jetzt oder nicht?«

»Ich glaub's nicht«, erwiderte Bobby.

»Sie glauben's nicht?« wiederholte sie mißtrauisch. Nach einer Pause rief sie: »Na, so was!« Und dann gab sie klein bei und sagte: »Ich bring Ihnen jetzt die Lampe!«

Es verging fast eine Stunde, ehe sich oben etwas regte. Dann kam Vater Finnegan die Treppe herunter, rieb sich lebhaft die Hände und klagte über die Kälte. Bobby sah, daß die Lampe im Schlafzimmer brannte und daß der Patient mit einem Arm unter dem Kopf dalag.

»Wie fühlen Sie sich jetzt, Bill?« fragte der Doktor.

»Gut, Bobby«, antwortete Bill. »Ich fühle mich sehr wohl. Sie hatten recht mit dem Priester! War dumm von mir, daß ich mir um den Kanonikus graue Haare wachsen ließ. Er ist vollkommen ungebildet, Bobby, und dem hier kann er nicht das Wasser reichen.«

»Ich dachte mir's schon, daß er Ihnen gefallen würde.«

»Ich hab's gern, wenn ein Mann was von seinem Geschäft versteht, Bobby«, sagte Bill als Fachmann, der einen andern

Fachmann lobt. »Es geht nichts über ein bißchen Bildung. Ich wünschte, ich hätt ihn schon früher kennengelernt!« Die wilden blauen Augen kamen auf dem Gesicht des Doktors zur Ruhe. »Ich fühle mich schon sehr viel besser, Bobby. Ist das ein gutes oder ein schlechtes Zeichen?«

»Ich glaube, es kommt von der Aufregung«, antwortete Bobby, der sein Geheimnis nicht verraten wollte. »Ich muß Sie nochmals untersuchen.«

»Was hat sie wohl gebraten, Bobby? Riecht wie Würstchen auf Speck!«

»Ja, so riecht es!«

»Die esse ich furchtbar gern«, sagte Bill sehnsüchtig. »Der Magen ist mir so hohl. Ob sie mir schlecht bekommen würden, Bobby?«

»Ich glaube es kaum. Aber etwas anderes als Tee darf ich Ihnen nicht erlauben.«

»Ohhh!« krächzte Bill. »Immer bloß Tee, und wenn ich so alt werde wie Methusalem. Aber ich beklage mich nicht, Bobby. Ich steh zu meinem Wort. O Gott, ja!«

»Hören Sie mal!« staunte Bobby. »Haben Sie denn ein Gelübde abgelegt?«

»Gerechter Gott, Bobby«, rief der Patient und richtete sich heftig auf, »ich hab alles abgelegt, die ganze verdammte Kiste von A bis Z ... Gott verzeih mir die Flüche!« fügte er fromm hinzu. »Ich mußte ihm versprechen, das Quietschferkelchen zu heiraten«, sagte er und warf dem Doktor einen herausfordernden Blick zu, damit er ja nicht lache.

»Nun ja, Sie könnten es schlechter treffen, Bill«, lobte der Arzt.

»Dabei weiß er noch gar nicht, ob ich ihn nehmen will«, schrillte Nellie vergnügt durch den Türspalt und zeigte ihr Mondgesicht.

»Da haben Sie's, Bobby«, sagte Bill und tat bekümmert. »Mit so was hab ich mich nun abzufinden!«

»Einen Moment, Nellie!« sagte der Arzt. »Ich muß mir

Bill noch mal näher ansehen! . . . Es war ein anstrengender Tag für Sie«, sagte er, als er auf dem Bettrand saß und Bills Puls fühlte. Dann maß er die Temperatur und leuchtete ihm mit der Taschenlampe in die Augen und in den Hals, während Bill ihn hypnotisiert anstarrte.

»Wahrhaftig, Bill, ich möchte fast sagen, Sie haben recht«, sagte der Arzt wohlgefällig. »Mir scheint fast, es geht Ihnen ein bißchen besser!«

»Aber das sag ich ja immerzu, Mann!« rief Bill und begann, ihm Turnübungen vorzumachen. »Sehn Sie sich das an, Bobby! Das hab ich vorher nicht gekonnt! Das nenn ich ein gottverdammtes Wunder!«

»Aber nehmen Sie trotzdem noch ein paar Tabletten«, sagte der Doktor, »und morgen früh werde ich noch mal nachschauen kommen!«

Es war fast zu glatt gegangen. Die modernsten Behandlungsmethoden fanden bei Bobbys Patienten keinen Anklang. Insgeheim wünschten sie alle sehnlichst, mit drei Kieselsteinchen vom heiligen Brunnen eingerieben zu werden. Manchmal war er ganz niedergeschlagen deswegen.

»Im großen und ganzen kann man es als einen gelungenen Abend bezeichnen, Herr Doktor«, sagte Vater Finnegan, als sie abfuhren.

»Stimmt«, sagte Bobby knapp. Er hatte nicht im Sinn, seinem Freund zu erzählen, wie gelungen der Abend für ihn persönlich war.

»Es ist manchmal ganz erstaunlich, wie sich die Menschen nach Empfang des Abendmahls wieder erholen«, fuhr Vater Finnegan fort, und Bobby begriff, daß es gar nicht nötig war, seinem Freund etwas zu erzählen. Gebildete Menschen verstehen sich auch ohne peinliche Geständnisse. Sein Gewissen war ganz ruhig. Ein bißchen Frömmigkeit konnte Bill durchaus nichts schaden. Und der Jesuit, das spürte er, hatte ebenfalls ein ruhiges Gewissen. Selbst ohne ein Wunder hätte allein Bills Bekehrung genügt, um dem Jesuitenorden Zutritt in die Pfarrgemeinde des Kanonikus zu verschaffen. Mit einem Wunder obendrein würde jedes alte Weib, sei's männlich oder weiblich, meilenweit im Umkreis nach den Jesuiten verlangen.

»Tatsächlich«, antwortete Bobby nachdenklich. »Mir ist es auch schon öfters aufgefallen.«

»Dem Kanonikus wird es leider gar nicht passen«, schloß Vater Finnegan.

»Da haben Sie recht«, erwiderte der Arzt, als begriffe er es erst in diesem Augenblick. »Es wird ihm leider ganz und gar nicht passen.«

Er war ein rechtschaffener Mann, der jedem Gerechtigkeit widerfahren ließ. Er wußte, daß sich der Kanonikus nicht nur wegen des Geldes aufregen würde – immerhin waren es mindestens ein paar hundert Pfund jährlich. Vor allem war es, weil vor seiner Nase von einem der verhaßten Jesuiten an einem seiner Pfarrkinder ein regelrechtes Wunder verrichtet worden war. Und Geistliche konnten fast so grausam wie kleine Knaben sein. Bis ans Ende seiner Tage würde der Kanonikus ständig an das Jesuitenwunder erinnert werden.

Inskünftig würde er Bobby hübsch in Ruhe lassen.

Das häßliche Entlein

I

Mick Courtney kannte Nan Ryan schon lange, schon seit der Zeit, als er vierzehn oder fünfzehn war. Sie war die Schwester seines besten Freundes und in einer Familie von vier Kindern die Jüngste – das einzige Mädchen. Er liebte sie fast ebenso zärtlich, wie ihr Vater und ihre Brüder sie liebten; ihre Mutter dagegen hielt nichts von ihr, weil sie dem Vater so ähnlich sah. Ihre Häßlichkeit war beinahe rührend. Sie hatte eine untersetzte, stämmige Figur und ein männliches Gesicht: das alles war in eine weibliche Hülle gestopft, die fast aus den Nähten platzte. Von den einzelnen Gesichtszügen war keiner wirklich mißraten, und die großen, braunen, lustig zwinkernden Augen waren allerliebst, doch das Ganze ergab ein komisches Bild.

Ihren Brüdern gefiel ihre Gesinnung; sie ließen sie mitspielen, solange sie noch im Spielalter waren, und sie verklatschten sie nie, wenn Dinny sie gegen das mütterliche Gebot in sein Bett schlüpfen ließ, weil sie von Angstträumen heimgesucht wurde. Der arme Kerl wurde oft mitten in der Nacht von Nan geweckt, die zitternd an seiner Bettdecke zerrte. »Dinny, Dinny«, stieß sie verzweifelt hervor, »mich hat's wieder!« – »Was hast'n diesmal?« fragte Dinny verschlafen. »Löwen!« zischte sie mit einer Stimme, daß Dinny die Haare zu Berge stiegen, und dann lag sie eine halbe Stunde in seinen Armen und krümmte die Zehen und zuckte krampfhaft mit den Beinen, während Dinny sie beruhigend tätschelte.

Sie wurde ein richtiger Junge, eine wilde Hummel, zäh und nicht zimperlich, und kämpfte in Dinnys Gruppe mit, die den alten Steinbruch an der Landstraße gegen die Bande aus dem Armenviertel verteidigte. Und so sollte Mick sie immer im Gedächtnis behalten: als eine häßliche, stämmige kleine Amazone, die von Felsblock zu Felsblock sprang, die ungeschickt, aber wirkungsvoll Steine schleuderte und kreischend tödliche Beleidigungen gegen den Feind ausstieß, ihre eigene Partei aber stürmisch anspornte.

Er hätte nicht sagen können, wann sie mit dem Kämpfen aufhörte, doch zwischen dem zwölften und dem vierzehnten Lebensjahr wurde sie in einer Familie, die sich nicht gerade durch Frömmigkeit auszeichnete, ›das fromme Kind‹, das immer in der Messe war oder auf dem Rückweg von der Schule schnell in die Kirche ging, um eine Kerze anzuzünden oder eine Novene zu beten. Später meinte Mick, das alles könne ein Ersatz für die Zuflucht in Dinnys Bett gewesen sein, denn sie litt noch immer an Alpträumen, und wenn sie jetzt kamen, griff sie zum Rosenkranz.

Es machte Mick Spaß, als er entdeckte, daß sie für ihn zu schwärmen begann. Er hatte seinen Glauben verloren, und das bedeutete in Cork ungefähr ebensoviel, wie wenn ein Mädchen nicht länger unschuldig ist. Bei den Stillen vom andern Geschlecht löste es die gleiche Besorgnis aus. Abends wartete Nan an der Haustür auf ihn, und wenn sie ihn kommen sah, sprang sie mit geschlossenen Füßen und steif an die Seite gepreßten Armen und wehendem Zopf die Steintreppe Stufe um Stufe hinunter.

»Wie geht's mit der Novene, Nan?« fragte er dann belustigt.

»Gut!« erwiderte sie mit schriller, ausdrucksloser Stimme. »Du bist auf bestem Wege!«

»Was du nicht sagst!«

»Du glaubst mir's nicht, aber ich weiß es besser. Ich bin eine eifrige Beterin!« Noch ein hölzerner Sprung, und sie war an ihm vorbeigehüpft.

»Warum betest du nicht lieber für die Schwarzen, Nan, anstatt für mich?«

»Für die bet ich doch auch!«

Aber obwohl ihre Brüder ihr den Kummer der Kinderzeit erleichtern konnten – in den Übergangsjahren war sie dem Leben auf Gnade und Ungnade ausgeliefert. Ihre Mutter war eine Schlummerrolle von Frau, die den ganzen Tag mit verschränkten Armen umherging und dadurch den Eindruck von lauter Rundungen und Fettpolstern noch verstärkte. Und doch konnte man sie eine Schönheit nennen. Sie tat ihr möglichstes, um Nans Häßlichkeit zu verstecken, was ihr Mann einfach nicht begriff, denn abgesehen von ihrer mangelhaften Algebra fand er an seiner Tochter nichts auszusetzen.

»Ich bin keine idiotische Schönheit!« schrie Nan so ruppig wie ein Schuljunge, wenn ihre Mutter versuchte, ihr das geliebte grobe Tweedkostüm und den schmutzigen Sweater auszureden und ihr etwas Weiblicheres aufzunötigen.

»Das weiß der Himmel, daß du's nicht bist!« rief die Mutter und verschränkte resigniert die Arme. »Aber du wirst es wohl nicht noch an die große Glocke hängen wollen?«

»Warum nicht?« schrie Nan und stellte sich breitbeinig vor sie hin. »Ich will keinen von den ekligen Männern!«

»Brauchst dir deswegen keine Sorgen zu machen, Kind! Die lassen dich bestimmt in Ruhe!«

»Meinetwegen«, erwiderte Nan grollend. »Ist mir egal! Ich will Nonne werden!«

Im Umgang mit Mädchen ihres Alters war sie eher schüchtern, auch bei solchen, die so fromm wie sie waren. Denn auch die hatten Freunde, und die Freunde wollten nichts mit Nan zu tun haben. Sie war ängstlich darauf bedacht, allem aus dem Wege zu gehen, was zu Nichtachtung führen konnte, doch schon die kleinste Kleinigkeit genügte, um sie zum Grollen und Schmollen zu bringen, und dann wirkte sie häßlich und unförmig und hinterhältig. Sie schlich ums Haus und hatte die Schultern bis zu den Ohren hochgezogen, während ihr braunes Haar schlaff herunterhing und eine Zigarette an der Unterlippe klebte. Ganz unvermittelt und unerklärlich konnte sie irgendein nettes Mädchen, mit dem sie jahrelang befreundet war, fallenlassen und nie wieder mit ihr sprechen. Dadurch kam sie in den Ruf, kalt und unaufrichtig zu sein. Doch Dinny bemerkte auf seine scharfsinnige, altväterische Art zu Mick, daß Nan ihre wahren Freundinnen unter den älteren Frauen und sogar unter kranken Leuten habe, ›alle siebzig oder gelähmt‹, wie er es ausdrückte. Aber selbst denen gegenüber neigte sie dazu, eifersüchtig und tyrannisch zu sein.

Dinny gefiel es nicht, und seine Mutter fand es sogar greulich, aber Nan kümmerte sich nicht um ihre Meinung. Sie war furchtbar halsstarrig geworden, weit mehr, als es sich für ihr Alter und Geschlecht schickte, und infolgedessen wirkte sie merkwürdig eckig und fast männlich, als wäre das der seelische Aspekt ihrer Häßlichkeit. Anscheinend war sie gar nicht scheu: sie stelzte zu den Zimmern ein und aus und schlenkerte die Arme wie ein Junge. Auch ihre Unterhaltung wurde anders – sie sprach mehr wie eine ältere Frau –, aber durchaus nicht etwa langweilig, denn dafür war sie viel zu gescheit. Doch es war stets die gleiche Tonart – ›muffig‹, wie man es dortzulande nannte – und ohne die starken Unterschiede zwischen Leidenschaft und Langeweile, die für die Gespräche junger Menschen so bezeichnend sind. Dinny und Mick konnten sich gegenseitig regelrecht anöden, und plötzlich regten sie sich über irgendein Thema auf, und dann wanderten sie mit hochgeschlossener Jacke stundenlang durch die Straßen und diskutierten.

Ihr Vater war enttäuscht, als sie sich weigerte, das College zu besuchen. Wohl begann sie zu arbeiten, aber es war in einem Damenkleidergeschäft, und das war gewiß ein seltsamer Beruf für ein Mädchen, das für sich selber nur Pullover und Hosen als Kleidungsstücke gelten ließ.

2

Eines Abends dann geschah etwas, das Mick wie ein Schock traf. Es war innerhalb seiner bisherigen Erfahrung mit nichts zu vergleichen und eher wie die Verwandlungsszene in einer Pantomime. Später sah er allerdings ein, daß es gar nicht so zugegangen war. Es kam einfach daher, weil er aufgehört hatte, Nan zu beobachten, wie es einem meistens mit Menschen passiert, die man zu gut kennt. Die Veränderung Nans hatte sich allmählich und unmerklich vollzogen, bis sie sich blitzartig Beachtung erzwang.

Dinny war in seinem Zimmer oben, und Mick und Nan diskutierten miteinander. Obwohl Mick keine akademische Ausbildung genossen hatte, war er doch sehr belesen und ließ Nans literarischen Geschmack – populäre Romane und Lebensbeschreibungen – nicht gelten; es war der Geschmack ihrer älteren und invaliden Freundinnen. Wie üblich verspottete er sie, und wie üblich ärgerte sie sich. »Du bist so verdammt überlegen, Mick«, sagte sie finster und trat, um das strittige Buch zu holen, an den großen Mahagonibücherschrank, der zu den schönen Möbelstücken gehörte, auf die ihre Mutter stolz war. Mick stand lachend auf, stellte sich neben sie und legte ihr, wie er es früher stets getan hatte, den Arm um die Schultern. Sie verstand es falsch, schmiegte sich an ihn und bot ihm das Gesicht zum Kuß. Im gleichen Augenblick entdeckte er, daß sie sich zu einem Mädchen von überraschender Schönheit entwickelt hatte. Er küßte sie nicht, sondern ließ den Arm sinken und starrte sie ungläubig an. Sie griente schadenfroh und suchte weiter.

Während des ganzen Abends konnte er den Blick nicht von ihr abwenden. Später konnte er sich die Veränderung leicht erklären. Er erinnerte sich, daß sie nach einer fiebrigen Erkrankung blaß und mager geworden war. Dann war sie in die Höhe geschossen, und jetzt sah er, daß auch ihr Gesicht infolge der Krankheit lang und schmal geworden war und jeder verpfuschte Gesichtszug an Ort und Stelle gerückt schien, bis ein makelloses Verhältnis entstand, das weder Krankheit noch Alter zu zerstören vermochten. Es war keineswegs der runde, weiche und wunderbar mollige Schönheitstyp ihrer Mutter. Es war die in ihr Gesicht übersetzte Männlichkeit ihres Vaters, die sie noch dadurch betonte, daß sie ihr Haar straff zurückgekämmt trug, was die ziemlich großen Ohren freiließ. Auch ihr Gang war davon schon etwas beeinflußt worden, denn sie stürmte nicht länger wie ein Dragoner mit schlenkernden Armen durchs Zimmer. Andrerseits hatte sie noch nicht gelernt, sich anmutig zu bewegen, und schien eher zu schlittern als zu gehen. Und wieder mußte er staunen über die Macht der Gewohnheit, dank der wir die Menschen unsrer Umgebung historisch sehen und noch mit ihren Fehlern oder Tugenden leben, selbst wenn diese für jedes andere Auge als unser eigenes längst verschwunden sind.

Seit einem Jahr hatte Mick eine feste Freundin gehabt, ein nettes Mädchen von Sunday's Well, und mit der Zeit hätte er sie auch geheiratet. Mick war so ein Mensch, ein Gewohnheitstier, der mit den Lebensumständen fertig wurde, indem er sie durch Routine vereinfachte: das gleiche Restaurant, den gleichen Tisch, die gleiche Kellnerin und das gleiche Gericht. Das erlaubte ihm, seinen eigenen Gedanken nachzuhängen. Doch wenn irgend etwas geschah, das seine Routine durcheinanderbrachte, dann war es gleich die reinste Naturkatastrophe; dann wurde ihm sogar sein Lieblingsrestaurant unerträglich, und er wußte nicht, was er mit seinen Abenden und Wochenenden anfangen sollte. Nans Verwandlung in eine Schönheit übte die gleiche Wirkung auf ihn aus. Er ließ das nette Mädchen von Sunday's Well ohne ein Wort der Entschuldigung oder Erklärung fallen und ging immer häufiger zu den Ryans, obwohl er dort – seiner Ansicht nach – niemandem sehr willkommen war, ausgenommen Dinny und manchmal wenigstens Nan selbst. Auch ohne ihn hatte Nan haufenweise Verehrer. Die Verwandlung war wirklich vollkommen. Ihr Vater, ein großer, glatzköpfiger, geräuschvoller Mann mit einem affenähnlichen und auffallend gutmütigen Gesicht, freute sich darüber, denn er empfand es als einen Beweis dafür, daß sich kluge Männer nicht durch die schlechte Mathematikbegabung eines Mädchens abhalten ließen – der arme Mensch hatte nämlich keinerlei Veränderung an seiner Tochter wahrgenommen. Mrs. Ryan freute sich nicht. Sie hatte ihre Söhne ohnehin lieber gehabt, und sie hatten ihr auch nie so hübsche junge Männer ins Haus gebracht, die mit ihr hätten flirten müssen. Nan aber bereitete es eine fast perverse Freude, die jungen Männer von ihrer Mutter fernzuhalten. Was die Häßlichkeit nicht vermocht hatte, war der Schönheit gelungen: ein tiefer Groll gegen ihre Mutter wuchs in ihr heran, und manchmal wurde es für Micks Geschmack fast zuviel. Sie glich es aus durch eine – wie Mick fand – geradezu ungebührliche Rücksichtnahme auf ihren Vater. Sooft Mr. Ryan lärmend und fröhlich ins Zimmer trat, leuchtete Nans Gesicht auf.

Sie trug nicht mehr die derben, männlichen Tweedkostüme, die sie bis dahin geliebt hatte, und Mick fand es bedauerlich. Jetzt hatte sie eine leidenschaftliche Vorliebe für kostbare Kleider, verstand sie aber nicht zu tragen, und Puder und Lippenstift benutzte sie so geschmacklos übertrieben wie eine Zwölfjährige.

Wenn ihm ihr Geschmack bei der Wahl ihrer Kleider mißfiel, so war ihm ihr Geschmack bei der Wahl ihrer Freunde geradezu verhaßt. Was Dinny höchstens langweilte, konnte Mick rasend machen. Er stritt mit Nan über ihre Verehrer, wie er mit ihr über ihre Bücher gestritten hatte. ›Leisetreter‹ nannte er sie ganz offen. Da war Joe Lyons, der Rechtsanwalt, ein verbindlicher, schwarzhaariger Mann mit geheimnisvollen Schlitzaugen, der sich in Weinsorten ebenso wie in einem intellektuellen Katholizismus auskannte, und Matt Healy, ein Zwerg von einem Butterhändler, der ein Schiff besaß und unaufhörlich von Whiskysorten und ›Dämchen‹ sprach. Die beiden konnten eine geschlagene halbe Stunde lang über eine bestimmte Wagenmarke oder ein Dubliner Hotel reden, ohne – so schien es Mick – auch nur ein einziges vernünftiges Wort zu äußern, und offensichtlich verachtete Lyons den Healy und hielt ihn für einen Quatschkopf, und Healy verachtete den Lyons und hielt ihn für einen Scharlatan, und alle beide gemeinsam verachteten sie Mick. Sie hielten ihn für einen Sonderling, und wenn er mit ihnen über Politik oder Religion diskutieren wollte, hörten sie ihm amüsiert zu, was Mick wütend machte.

»Ich halte mich an Mick – um beim Ausbruch der Revolution auf der sichern Seite zu sein«, sagte Healy und meckerte sein Zwergengelächter.

»Nein«, widersprach Lyons und legte Mick leutselig den Arm um die Schultern. »Mick will nichts von Revolutionen wissen!«

»Dafür leg ich nicht die Hand ins Feuer«, entgegnete Healy, und sein Gesicht strahlte vor Vergnügen. »Mick ist ein *Sans-culotte*. Nennt man sie nicht so, Mick?«

»Und ich wiederhole: nein!« lächelte Lyons ernst. »Ich kenne Mick. Mick ist ein weiser Mann. Aber aufgepaßt!« fuhr er feierlich fort und hob den Finger. »Ich sagte nicht, daß er ein kluger Mann ist. Ich sagte, daß er ein weiser Mann ist, und das ist ein großer Unterschied.«

Mick konnte es nicht ändern, er wurde jedesmal wütend. Wenn sie so auch mit Dinny redeten, zwinkerte der ihnen nur höflich zu und stahl sich in sein Zimmer hinauf, zu seinem Buch oder seinem Grammophon, doch Mick blieb und ärgerte sich. Er arbeitete unermüdlich, hatte aber keinen Ehrgeiz; er war zu klug, um Dinge zu schätzen, die von gewöhnlichen Leuten geschätzt werden, und er war zu feinfühlig, um ihre Verachtung zu übersehen.

Nan hatte nichts dagegen, daß Mick ihr den Hof machte. Etwas von ihrer kindlichen Verliebtheit in Mick war noch immer vorhanden, und es schmeichelte ihrer Eitelkeit, sie jetzt genießen zu können. Sie war eine wunderbare, lebhafte und kluge Kameradin und unternahm lange Spaziergänge mit ihm, weit über Hügel und Weideland zum Fluß hinunter. Meistens landeten sie dann in einem Wirtshaus in Glanmire oder Little Island, obwohl sie ihn bald daran hinderte, so verschwenderisch wie Healy und Lyons zu sein. »Ich bin zwar eine Whiskyfreundin, Mick«, sagte sie lachend, »aber du bist kein Whiskykäufer.« Sie konnte stundenlang mit ihm bei einem Glas Bier sitzen und plaudern, doch wenn Mick versuchte, die Unterhaltung in gefühlvollere Bahnen zu lenken, parierte sie mit einer kecken Sachlichkeit, die ihn abstieß.

»Dich heiraten?« rief sie lachend. »Wer ist denn gestorben und hat dir ein Vermögen hinterlassen?«

»Warum? Muß ich ein Vermögen besitzen?« fragte er ruhig, obwohl ihre gutmütige Verachtung ihn verletzt hatte.

»Oh, wenn du dich mit Heiratsgedanken trägst, wäre es doch praktisch«, erwiderte sie lachend. »Soweit ich zurückdenken kann, hat's in unserer Familie immer nur die eine Sorge gegeben.«

»Klar, wenn du Joe Lyons heiraten würdest, hättest du solche Sorgen nicht mehr«, sagte er mit einem Hohnlächeln.

»Meiner Ansicht nach wäre es ein guter Grund!« antwortete sie.

»Dann hast du einen Wagen und den heiligen Thomas von Aquino«, fuhr Mick fort und kam sich wie ein dummer Junge vor, doch es mußte heraus. »Was könnte eine Frau noch mehr verlangen?«

»Du bist dagegen, daß die Leute Autos haben, was?« fragte sie, stützte die Ellbogen auf den Tisch und warf ihm einen spöttischen Blick zu. »Wie wär's, wenn du dir auch einen Wagen verdienen würdest?«

Dieser weltliche, schulmeisterhafte Ton, vor allem im Zusammenhang mit der Gewinnsucht der Ryans, konnte ihm alles verderben. Und noch etwas andres beunruhigte ihn, obwohl er nicht genau wußte, warum. Er hatte sich stets gern als Mann von Welt gegeben, doch Nan schockierte ihn oft. Eine überraschende Sinnlichkeit schien in ihr zu stecken, die ganz unpassend war. Er wollte nicht glauben, daß sie es absichtlich tat, doch sie konnte ihn manchmal durch ihr Ungestüm oder eine Derbheit mehr als jedes andere Mädchen entflammen.

Eines Nachmittags dann, als sie wieder beide zusammen unterwegs waren und durch die Uferwiesen am See wanderten, fiel ihm eine Veränderung an ihr auf. Sie und noch ein Mädchen hatten mit Healy und Lyons ein paar Tage in Glengarriffe verbracht. Sie wollte nicht darüber sprechen, und er spürte, daß sie enttäuscht war. Sie war anders als sonst: grüblerisch, zärtlich und empfindsam. Sie zog sich die Schuhe und Strümpfe aus, ließ die Füße in den Fluß hängen und hatte die Hände unter den Knien verschränkt, während er auf das Wäldchen jenseits des Flusses starrte.

»Du denkst zuviel an Matt und Joe«, sagte sie und planschte mit den Füßen. »Du solltest Mitleid mit ihnen haben.«

»Mitleid?« rief er und war so erstaunt, daß er hell auflachen mußte.

Sie drehte den Kopf auf die Seite, und ihre braunen Augen hefteten sich mit einer seltsamen Unschuld auf ihn. »Wenn du nicht so ein elender alter Heide wärst, würde ich sagen, du mußt für sie beten.«

»Worum?« fragte er und lachte noch immer. »Um höhere Dividenden für sie?«

»Die Dividenden nützen ihnen nicht viel«, sagte sie. »Sie langweilen sich beide. Deshalb haben sie mich so gern. Ich langweile sie nicht. Sie wissen nie, woran sie bei mir sind. Natürlich bin ich auch auf Geld versessen, Mick«, lachte sie in ihrer schwärmerischen Art, »und auf kostspielige Kleider und elegante Abendessen und auf Weine, deren Namen ich nicht aussprechen kann. Aber ich laß mich nicht davon überrumpeln. Bei einem Mädchen, das so aufgewachsen ist wie ich, braucht's ein bißchen mehr.«

»Was braucht's denn?« fragte Mick.

»Mick, warum willst du nicht endlich etwas unternehmen?« fragte sie und war auf einmal ernst.

»Was denn?« erwiderte er achselzuckend.

»Was?« rief sie und warf die Hände hoch. »Ist mir doch einerlei. Ich weiß ja nicht mal, was du gern tust. Mir einerlei, auch wenn nichts dabei herauskommt. Vor Fehlschlägen fürchte ich mich nicht, aber davor, daß du im alten Trott steckenbleiben könntest, ohne dich für etwas einzusetzen. Nimm doch mal Daddy! Du glaubst es vielleicht nicht, aber ich weiß es, daß er ein begabter Mensch ist. Und doch sitzt er fest. Jetzt hofft er, daß seine Söhne das Geheimnis herausbekommen, falls es eins ist, und daß sie all das tun, was er nicht tun konnte. Das gefällt mir nicht.«

»Ja«, gab Mick nachdenklich zu und zündete sich eine neue Zigarette an. Seine Antwort galt eher ihm selber als ihr. »Ich verstehe, was du meinst. Ich darf ruhig behaupten, daß ich nicht ehrgeizig bin. Ich habe nie das Bedürfnis verspürt, ehrgeizig zu sein. Doch ich stelle mir vor, daß ich für einen andern Menschen ehrgeizig sein könnte. Aber dafür müßte ich raus aus Cork. Wahrscheinlich nach Dublin. Hier reizt mich gar nichts.«

»Dublin würde mir sehr gut passen«, sagte sie befriedigt. »Mutter und ich würden bei einiger Entfernung viel besser miteinander auskommen.«

Ein paar Minuten sagte er gar nichts, und Nan planschte vergnügt mit den Füßen.

»Ist's dann also abgemacht?« fragte er.

»O ja, ja«, erwiderte sie und wandte ihm ihre großen sanften Augen zu. »Natürlich ist es abgemacht. Weißt du denn nicht, daß ich immer verrückt auf dich war?«

Ihre Verlobung bewirkte in Mick eine große Veränderung.

Er war, wie ich schon gesagt hatte, ein Gewohnheitstier. Er kannte die Stadt, wie sie nur wenige von uns kannten – alle interessanten Winkel und all ihre wunderlichen Käuze –, und der Gedanke, daß er sie gegen einen Ort eintauschen müsse, in dem er wurzellos war, bedeutete für ihn einen größeren Schock als für jeden von uns. Doch obwohl es zu gewissen Zeiten ein Gefühl der Verlorenheit in ihm weckte, konnte es ihm auch eine knabenhafte Ausgelassenheit und Fröhlichkeit schenken, als wäre es eine große Reise, auf die er sich vorbereitete, eine gefährliche Expedition, von der er vielleicht nicht zurückkehrte, und wenn er sich so begeisterte, wurde er hübscher und draufgängerisch und kindlich. Nan hatte sich immer zu ihm hingezogen gefühlt; jetzt bewunderte und liebte sie ihn.

Trotzdem brach sie die Ausflüge mit ihren andern Verehrern nicht ab. Besonders nett war sie immer zu Lyons, der sie wirklich gern hatte und nicht glaubte, daß es ihr damit ernst war, Mick zu heiraten. Er war, wie sie behauptete, ein von Natur gütiger Mensch, der sich entsetzte, daß ein so schönes Mädchen wie Nan auch nur die Möglichkeit erwog, mit dem Einkommen eines Angestellten den Haushalt zu führen und zu waschen und zu kochen. Er wandte sich deshalb auch an ihren Vater und setzte ihm geduldig auseinander, daß es für Nan den Verlust jeder gesellschaftlichen Stellung bedeuten würde, und er hätte sich sogar an Mick gewandt, wenn Nan es ihm nicht verboten hätte. »Er kann es unmöglich tun, Nan!« protestierte er ernst. »Mick ist ein anständiger Mensch. Er kann dir das nicht antun!«

»Kann er doch, und wie!« erwiderte Nan lachend und lehnte ihren Kopf an Lyons Brust. »Er würde mich auf die Straße schicken, um Geld für Zigaretten zu bekommen!«

Ihre kleinen Anfälle von Untreue beunruhigten Mick nicht im geringsten, weil er frei von Eifersucht war. Ihre gelegentlichen Lügen und Ausflüchte belustigten ihn nur, und noch mehr die Gewissensbisse, die sie hinterher hatte.

»Mick«, fragte sie halb ärgerlich, halb lachend, »warum binde ich dir bloß all die Lügen auf? Ich bin doch nicht von Natur verlogen, nicht wahr? Samstagabend bin ich nämlich nicht zur Beichte gegangen. Ich war mit Joe Lyons aus. Er glaubt noch immer, daß ich ihn heirate, und ich würd's auch tun, wenn er bloß etwas Grütze im Kopf hätte. Mick, warum kannst du nicht ebenso nett sein wie er?«

Aber wenn Mick es ihr auch nicht übelnahm, Mrs. Ryan nahm es ihr an seiner Stelle übel. Noch mehr verübelte sie ihm jedoch seine Selbstgefälligkeit. Sie war Frau genug, um zu wissen, daß sie ebenso hätte handeln können und daß sie in dem Falle eine Zurechtweisung verdient hätte. Kein Mann ist je so feindselig gegenüber den Frauen wie eine durch und durch weibliche Frau.

Nein, es war Nans Vater, der Mick zur Verzweiflung brachte, und Mick war vernünftig genug, um einzusehen, daß er sich ohne einen stichhaltigen Grund ärgerte. Als Joe Lyons sich wegen Nans Entschluß bei Tom Ryan beklagte und es als den reinsten Selbstmord hinstellte, war der alte Herr wie vor den Kopf geschlagen. Er hatte nie gesellschaftlichen Verkehr gepflogen, was vielleicht ein Grund dafür war, daß er es zu nichts gebracht hatte.

»Glauben Sie wirklich, daß es dahin kommt, Joe?« fragte er finster.

»Überlegen Sie doch selbst, Mr. Ryan!« verteidigte Joe seine Ansicht mit warnend erhobenem Finger. »Wer wird die beiden einladen? Mich können sie jederzeit besuchen, aber ich bin nicht alle Welt. Glauben Sie, daß die Healys sie einladen würden? Vom Augenblick an, wo sie verheiratet sind, wird Matt sie schneiden, und ich kann's ihm nicht verdenken. 's ist ein Spiel, zugegeben, aber man muß sich nach den Spielregeln richten. Sogar ich muß mitmachen, und dabei ist mein einziges Interesse die Philosophie.«

Im Laufe des Abends hatte Tom Ryan sich glücklich eingeredet, daß Mick fast so etwas wie ein Tunichtgut war, und jedenfalls ein Abenteurer. Micks Aussicht auf einen Posten in Dublin stellte ihn durchaus nicht zufrieden. Er wollte wissen, was Mick zu tun beabsichtige. Weiterbummeln? Er könnte Examen ablegen, die eine bessere Beförderung versprachen. Tom könnte es alles in die Wege leiten und ihn selber auf die Examen vorbereiten.

Zuerst hörte Mick sich alles geduldig und amüsiert an; dann wurde er sarkastisch – seine große Schwäche, sobald er in eine Verteidigungsstellung gezwungen wurde. Tom Ryan, der so unfähig wie ein Kind war, Sarkasmus zu verstehen, rieb sich ärgerlich die Glatze und lief aufgeregt aus dem Zimmer. Wenn Mick ihm nur eins über den Schädel gegeben hätte, wie es seine Frau machte, sobald er ihr auf die Nerven fiel, dann hätte er begriffen, daß Mick seinen Gefühlen Luft verschaffte, und er hätte ihn deswegen um so lieber gehabt. Aber Sarkasmus war für ihn nur eine Art, den andern totzuschweigen und ihm keine Aufmerksamkeit zu schenken, und so etwas kränkte ihn bitter.

»Ich wünschte, du würdest nicht so zu Daddy sprechen«, sagte Nan eines Abends, als ihr Vater Vorlesungsverzeichnisse hervorholte, die Mick nicht einmal anzuschauen geruhte.

»Und ich wünschte, Daddy würde es unterlassen, mein Leben für mich in die Hand zu nehmen«, entgegnete Mick müde.

»Er meint es ja nur gut!«

»Ich habe nicht geglaubt, daß er es anders gemeint hat«, erwiderte Mick steif. »Aber ich wünschte, er machte sich klar, daß ich dich heirate und nicht ihn!«

»Darauf solltest du dich nicht zu sehr verlassen!« rief sie zornig.

»Also Nan!« sagte er vorwurfsvoll. »Willst du wirklich, daß mich dein Alter Herr herumdirigiert?«

»Es ist nicht bloß das«, entgegnete sie, stand auf und ging quer durchs Zimmer zum Kamin. Ihm fiel auf, daß sie, wenn sie die Beherrschung verlor, plötzlich auch etwas von ihrer

Schönheit einbüßte. Sie zog finster die Brauen zusammen, senkte den Kopf und trat mit dem schweren Schritt eines Dragoners auf. »Es schadet nichts, wenn wir jetzt darüber sprechen, denn ich hatte es dir sowieso sagen wollen. Ich habe reichlich darüber nachgedacht, weiß Gott: ich kann dich unmöglich heiraten.«

Ihr Tonfall genügte, um Mick wieder zu Duldsamkeit und Einsicht und zu seinem wahren Selbst zurückzuführen.

»Warum nicht?« fragte er sanft.

»Weil ich Angst habe, wenn du's wissen willst!« Und als sie so auf ihn heruntersah, schien sie tatsächlich Angst zu haben.

»Vor der Ehe?«

»Vor der Ehe – unter anderem.« Er nahm den Vorbehalt zur Kenntnis.

»Also vor mir?«

»Ach, vor der Ehe und vor dir und vor mir selber!« brach es aus ihr hervor. »Hauptsächlich vor mir selber!«

»Hast du Angst, du könntest über die Stränge schlagen?« fragte er mit zärtlichem Spott.

»Glaubst du etwa, ich tät's nicht?« zischte sie und hatte die Fäuste geballt. Ihr Gesicht sah alt und abstoßend aus. »Du verstehst mich überhaupt nicht, Mick!« schloß sie mit knabenhaftem Auftrumpfen, so daß sie wieder der wilden Range von ehemals glich. »Du weißt nicht mal, zu was allem ich fähig bin! Bist nicht der Richtige für mich! Hab's schon immer gewußt!«

Mick nahm den Vorfall leicht, als wäre es nur eine ihrer Meinungsverschiedenheiten, doch als er das Haus verlassen hatte, war er gekränkt und auch besorgt. Offenbar war da eine Seite ihres Charakters, die er nicht verstand, und er war ein Mann, der gerne alles recht verstehen wollte, sei's auch nur aus dem Grunde, um es vergessen und sich wieder seinen eigenen Gedanken überlassen zu können. Er wußte, daß Nan unglücklich war, und meinte, es habe mit ihrem Streit nichts zu tun. Ihr Kummer hatte sie ihm zuerst in die Augen getrieben, und jetzt wurde sie, scheint's, vom gleichen Wind wieder von dannen getrieben. Er hatte vielleicht zu selbstgefällig angenommen, daß sie sich ihm vor allem deshalb zugewandt hatte, weil sie Healy und Lyons in ihrer Hohlheit durchschaute, doch jetzt meinte er, daß ihr Kummer nicht mit den beiden zusammenhing. Sie war eher über sich selbst verzweifelt. Es kam ihm in den Sinn, daß Lyons' Schönheit und Freundlichkeit sie vielleicht verführt hatten, zu weit zu gehen. Ein so leidenschaftliches Mädchen wie sie konnte sich leicht zu einem unbedachten Schritt verleiten lassen und würde dann mit Ekel und Abscheu vor sich selbst reagieren. Und eben der Gedanke, daß dies die Ursache sein könnte, weckte in ihm einen Ansturm beschützerischer Zärtlichkeit, und ehe er zu Bett ging, hatte er ihr einen Brief geschrieben und auf die Post gebracht, in dem er sich für seine Ungezogenheit ihrem Vater gegenüber entschuldigte und ihr versprach, in Zukunft mehr Rücksicht auf ihre Gefühle zu nehmen.

Als Antwort erhielt er ein kurzes Schreiben, das ihm zu Hause, wo er arbeitete, ausgehändigt wurde. Sie bezog sich überhaupt nicht auf seinen Brief, sondern schrieb ihm, daß sie Lyons heiraten würde. Es war eine kurze Mitteilung, und für ihn war sie voller versteckter Bosheit. Er ging aus dem Haus und traf unterwegs Dinny, den er hatte besuchen wollen. Dinnys düsterer Miene sah er es an, daß er über alles Bescheid wußte. Sie unternahmen einen ihrer Spaziergänge über Land, und erst als sie in einem ländlichen Gasthof vor ihrem Glas Bier saßen, sprach Mick von der aufgehobenen Verlobung.

Dinny war bekümmert, und sein Kummer ließ ihn grob sprechen, und aus seiner Grobheit schien Mick die Stimmen der Ryans herauszuhören, die über ihn redeten. Sie hatten von ihm als Nans Ehemann nie viel gehalten, doch sie waren bereit gewesen, ihn um ihretwillen zu akzeptieren. Andrerseits stand es bei ihnen fest, daß sie sich aus Lyons eigentlich nichts machte und ihn nur aus einer verzweifelten Stimmung heraus heiratete, die auf Mick zurückzuführen war. Offenbar war Mick an allem schuld.

»Ich kann mir nicht recht vorstellen, was ich getan habe«, erklärte Mick sachlich. »Euer Vater begann an mir herumzunörgeln, und ich war grob zu ihm. Das weiß ich, und ich schrieb Nan, daß ich es bedauere.«

»Ach, der Alte Herr hat an uns allen herumzunörgeln, und wir sind alle grob zu ihm«, antwortete Dinny. »Das ist es nicht.«

»Dann hat es also nichts mit mir zu tun«, erklärte Mick störrisch.

»Vielleicht nicht«, erwiderte Dinny ohne Überzeugung. »Aber einerlei, was es war, das Unheil ist nun mal geschehen. Du weißt ja, wie hartnäckig Nan sein kann, wenn sie sich etwas in den Kopf gesetzt hat.«

»Und du glaubst nicht, daß ich zu ihr gehen und sie fragen soll?«

»Ich würd's nicht tun«, antwortete Dinny und sah Mick zum erstenmal ins Gesicht. »Ich glaube nicht, daß Nan dich heiraten will, mein alter Junge, und ich bin ziemlich sicher, daß es für dich so am besten ist. Du weißt, daß ich sie gern habe, aber sie ist ein merkwürdiges Mädchen. Ich glaube, du würdest nur noch mehr leiden, als du jetzt schon leidest.«

Mick begriff, daß Dinny ihm aus irgendeinem Grunde riet, sich zurückzuziehen, und diesmal war er in der Lage, es zu tun. Dank der üblichen Ironie des Schicksals wurde ihm der Posten in Dublin, um den er sich ihretwegen beworben hatte, jetzt angeboten, und er würde Ende des Monats wegziehen müssen.

Was ihm als ungeheurer Bruch mit seiner Vergangenheit erschienen war, erwies sich nun als der allerbeste Trost für sein bedrücktes Gemüt. Obwohl er sich mehr als andre nach den alten Freunden und vertrauten Stätten zurücksehnte, besaß er doch auch die Aufnahmebereitschaft für alles Neue, und bald wunderte er sich nur noch, wie er es so lange in Cork hatte aushalten können. Innerhalb seines ersten Jahres in Dublin hatte er ein nettes Mädchen namens Eilish kennengelernt und heiratete sie. Und wenn die Leute von Cork einen engen Horizont hatten, so glaubte Eilish, daß alles, was nicht zwischen den beiden Dubliner Vororten Glasnevin und Terenure passierte, überhaupt nicht passiert war. Wenn er ihr etwas von Cork erzählte, nahmen ihre Augen einen glasigen Ausdruck an.

Cork und seine Bewohner entschwanden ihm so gänzlich aus dem Gedächtnis, daß es ihn wie ein Blitzstrahl traf, als er eines Tages in der Grafton Street Dinny begegnete. Dinny war auf dem Wege nach England, zu seiner ersten Stelle, und Mick lud ihn sofort zu sich ein. Doch ehe sie zu Micks Haus fuhren, schleppte Mick ihn in seine Lieblingsbar in der Nähe der Grafton Street. Dort konnte er die Frage stellen, die ihn sofort bedrängt hatte, als er Dinnys Gesicht auftauchen sah.

»Wie geht's Nan?«

»Oh, hast du nicht von ihr gehört?« fragte Dinny mit dem gewohnten Tonfall milden Staunens. »Nan ist ins Kloster gegangen.«

»Nan? Ins Kloster?« wiederholte Mick.

»Ja«, bestätigte Dinny. »Sie hat ja schon als Kind davon gesprochen, doch damals achteten wir nicht weiter drauf. Wir waren dann sehr überrascht. Und das Kloster vielleicht noch viel mehr«, schloß er trocken.

»Um Gottes willen!« rief Mick. »Und der Mann, mit dem sie verlobt war? Dieser Lyons?«

»Oh, den hat sie schon nach ein paar Monaten abgehängt«, erzählte Dinny angewidert. »Ich habe nie geglaubt, daß es ihr ernst war mit dem! Der Bursche ist ein verdammter Idiot!«

Mick vertiefte sich in seinen Drink und war plötzlich verlegen und nervös. Nach ein paar Minuten fragte er (und versuchte dabei zu lächeln):

»Du glaubst wohl nicht, daß sie sich anders besonnen hätte, wenn ich geblieben wäre?«

»Vielleicht doch«, erwiderte Dinny weise. »Aber ich bin nicht so sicher, ob sie für dich die Richtige gewesen wäre«, fuhr er freundlich fort. »Im Grunde ist Nan überhaupt nicht fürs Heiraten geschaffen.«

»Wahrscheinlich nicht«, sagte Mick, glaubte es aber keineswegs. Er war völlig überzeugt, daß Nan fürs Heiraten geschaffen war und daß nur der tiefe Kummer, der sie zuerst zusammenbrachte und dann wieder trennte, sie daran gehindert hatte, sich zu verheiraten. Doch *was* es für ein tiefer Kummer gewesen war, konnte er sich noch immer nicht vorstellen, und er merkte, daß Dinny noch weniger darüber wußte als er selbst.

Ihre Begegnung hatte alles wieder wachgerufen, und in den folgenden Jahren tauchte es in Abständen immer wieder in seinem Geiste auf und beunruhigte ihn. Nicht etwa, daß er in seiner eigenen Ehe unglücklich gewesen wäre – wer mit einer Frau wie Eilish unglücklich sein konnte, an dem mußte schon allerhand nicht stimmen –, doch manchmal, wenn er sie frühmorgens am Gartentor küßte und mit elastischen Schritten die häßliche, moderne Allee zum Meer hinabging, dann dachte er an den Fluß und an die Hügel rings um Cork und an die Frau, die von seiner Freude an einfachen Dingen nichts mitbekommen hatte und deren Entscheidungen anscheinend alle von einer inneren Qual diktiert wurden.

3

Viele Jahre später, als er allein in Cork war, um nach dem Tode seines Vaters (seines letzten Verwandten dort) alles in Ordnung zu bringen, sah er sich plötzlich zurückversetzt in die Welt seiner Kindheit und Jugend und wanderte wie ein Geist von einer Straße zur andern, von einem Wirtshaus zum andern und von einem alten Freund zum andern und ließ in einer Stimmung, die halb Qual und halb Entzücken war, andere Geister auferstehen. Er wanderte nach Blackpool hinaus und hinauf nach Goulding's Glen und entdeckte nur, daß der alte Mühlteich ausgetrocknet war, und er saß am Ufer und erinnerte sich der Wintertage, als er ein Kind war, und an den Teich voller Schlittschuhläufer und an Sommernächte, wenn sie voller Sterne waren. Sein Einssein mit dem Bekannten machte ihn um so empfänglicher für die Poesie, die dem Wechsel anhaftet. Er besuchte die Ryans und fand Mrs. Ryan beinah ebenso hübsch und mollig wie einst, obwohl sie rührselig über die Trennung von den Söhnen, über die Enttäuschung wegen Nan und über die ständig zunehmende Verschrobenheit ihres Mannes klagte.

Als sie ihn an die Haustür begleitete, verschränkte sie die Arme und lehnte sich an den Türpfosten.

»*Wisha,* Mick, möchtest du nicht hinausfahren und Nan besuchen?« fragte sie vorwurfsvoll.

»Nan?« wiederholte er. »Glauben Sie denn nicht, daß es ihr unangenehm wäre?«

»Warum soll's ihr unangenehm sein, mein Junge?« wehrte Mrs. Ryan ab. »Das Kind muß sich doch halbtot sehnen, mal mit jemand zu sprechen! Mick, mein Junge, ich hab nie im Leben die Religion kritisiert, aber das, Gott verzeih mir, das ist ein unnatürliches Leben! Ich könnt's keine Woche lang aushalten. Mit all den alten Hexen!«

Mick, der sich die Wirkung von Mrs. Ryans Anwesenheit in einem gut geleiteten Kloster vorstellen konnte, dachte bei sich, daß Gott ihr diese Ansicht wohl nicht allzu sehr verübeln würde. Er beschloß aber, Nan zu besuchen. Das Kloster lag auf einem der steilen Hügel außerhalb der Stadt, und von der vorderen Rasenfläche hatte man einen weiten Blick über das Tal. Er war auf eine Veränderung in ihrem Äußeren gefaßt, aber als er sie dann im häßlichen Sprechzimmer des Klosters erblickte, erschrak er doch. Das weiße Linnen und der schwarze Schleier bildeten für ihre scharf ausgeprägten Züge den unnatürlichen Rahmen eines altdeutschen Bildnisses aus dem fünfzehnten Jahrhundert. Und das Zwinkern in den großen braunen Augen bestärkte ihn in einem Gedanken, der im Laufe der Jahre langsam in seinem Geiste herangereift war.

»Ist es nicht furchtbar, Mick, daß ich dir keinen Kuß geben kann?« sagte sie kichernd. »Wahrscheinlich dürfte ich's sogar, aber unser alter Kaplan ist ein Greuel. Er findet, ich sei die ›Neue Nonne‹. Sein Leben lang hat er von ihr gehört, und ich bin die erste, die er kennengelernt hat. Komm mit in den Garten, wo wir sprechen können«, schloß sie mit eingeschüchtertem Blick auf die frommen Bilder an den Wänden. »In dem Zimmer hier kann man 'ne Gänsehaut kriegen! Ich hetze sie dauernd auf, wenigstens das Bild vom Heiligen Herzen zu entfernen! Es stammt natürlich aus Bayern! Sie lieben es!«

Sie plapperte weiter und ging ihm mit rauschenden Röcken und gesenktem Kopf zum Rasen voraus. Er merkte es an der leichten Erregtheit ihrer Stimme und ihrer Gesten, daß sie sich ebensosehr freute, ihn zu sehen, wie er sich freute, sie zu sehen. Sie führte ihn zu einer Gartenbank hinter einer Hecke, die sie vor dem Kloster verbarg, und haschte auf ihre ungestüme Art nach seiner Hand.

»Jetzt mußt du mir alles von dir erzählen!« sagte sie. »Ich habe gehört, daß du ein sehr nettes Mädchen geheiratet hast. Eine von den Schwestern hier ist mit ihr zusammen in die Schule gegangen. Sie sagt, sie sei eine Heilige. Hat sie dich noch nicht bekehrt?«

»Seh ich so aus?« fragte er und lächelte matt.

»Nein«, erwiderte sie kichernd. »An deinem Heidenblick würde ich dich überall erkennen! Aber trotzdem brauchst du nicht zu glauben, daß du mir entwischen kannst.«

»Du bist eine eifrige Beterin«, zitierte er ihre Kinderworte, und sie stimmte ein begeistertes Gelächter an.

»'s ist richtig«, sagte sie. »Das bin ich. Ich hab eine verrückte Ausdauer!«

»Wirklich?« neckte er sie. »Ein Mädchen, das zwei Männern innerhalb von wieviel Monaten – oder war's nur einer? – den Laufpaß gab?«

»Ach, das war was anderes«, erklärte sie und wurde ernst. »Damals standen andere Dinge auf dem Spiel. Gott hatte den Vortritt, vermute ich.« Dann blickte sie ihn verstohlen von der Seite an. »Oder glaubst du, ich rede bloß dummes Zeug?«

»Was ist's denn sonst?« fragte er.

»Nein, nein!« widersprach sie. »Obwohl ich mich manchmal frage, wie es alles hat zugehn können!« fuhr sie fort und zuckte reuig die Achseln. »Aber nicht, weil ich mich hier nicht glücklich fühlte! Das weißt du doch?«

»Ja«, sagte er still. »Ich habe es schon seit einer ganzen Weile geahnt.«

»Meine Güte«, lachte sie auf, »du hast dich aber verändert.«

Es war überflüssig, ihm zu sagen, daß sie glücklich war. Und es war auch überflüssig, ihm zu sagen, warum sie glücklich war. Er wußte, daß der Gedanke, der in den letzten ein, zwei Jahren in seinem Geist herangereift war, der richtige sein mußte und daß alles, was ihr widerfahren war, keineswegs etwas Einzigartiges und Unerklärliches war. Es war etwas, das auch andern widerfuhr – auf andere Art und Weise. Wegen irgendeiner Unzulänglichkeit – Armut oder körperliche Schwäche bei Männern, Armut oder Häßlichkeit bei Frauen – hatten die schöpferisch Begabten sich eine reiche innere Welt aufgebaut, und wenn die Unzulänglichkeit verschwand und die wirkliche Welt mit all ihrem Reichtum und all ihrer Schönheit sich vor ihnen ausbreitete, dann konnten sie ihr nicht mit ungeteiltem Herzen nahen. Unsicher, wenn es zu wählen galt, schwankten sie zwischen zwei Zielen und waren einsam in der Menge, unzufrieden inmitten von Lärm und Lachen und unglücklich sogar bei denen, die sie am liebsten hatten. Die innere Welt rief sie zurück, und bei einigen wurde es zum Problem, dorthin zurückzukehren oder zu sterben.

Er versuchte es ihr zu erklären und ärgerte sich über seine unzureichende Überzeugungskraft. Gleichzeitig spürte er, wie sie ihn scharf und amüsiert beobachtete, fast, als nähme sie ihn nicht ganz ernst. Vielleicht tat sie es nicht, denn wer von uns kann die innere Welt eines andern nachempfinden oder gar beschreiben? Sie saßen beinahe eine Stunde dort und hörten, wie die Klosterglocke die eine oder andre Schwester rief. Mick lehnte es ab, zum Tee zu bleiben. Er wußte, wie es bei einem Kloster-Tee zuging, und wollte sich den Eindruck, den ihre Begegnung auf ihn gemacht hatte, nicht verderben lassen.

»Bete für mich«, sagte er lächelnd, als sie sich die Hand gaben.

»Glaubst du, ich hätte jemals aufgehört?« erwiderte sie mit spöttischem Lachen, und er schritt rasch und in seltsam freudevoller Stimmung die schattigen Stufen zum Pförtnerhaus hinunter, im Bewußtsein, daß, wie sehr sich die Stadt verändern mochte, ihre alte Liebe unverändert in einer Welt fortlebte, wo weder Abscheu noch Verzweiflung sie je berühren konnten, und daß sie auch weiterhin fortbestehen würde, bis sie beide starben.

Die Stiefmutter

Bob Desmond war mein bester Freund. Er war ein hübscher, manierlicher Junge mit einem runden, gutmütigen Gesicht und großen braunen Augen: sehr offen und freundlich, wenn er lächelte, aber ziemlich finster, wenn er's nicht tat. Wir liehen uns gegenseitig alle Jungensbücher, die wir ergattern konnten, und daher wußten wir genau Bescheid, wie sich die Jungen an richtigen Schulen benahmen. Wir petzten nicht, wir logen nicht, wir verteidigten einer den andern, und wer Bob etwas zuleide tat, der bekam es mit mir zu tun.

Da aber die Mönche (unsre Lehrer) nie von dem ungeschriebenen Gesetz an richtigen Schulen gehört hatten und erwarteten, daß wir logen, hielten sie unser Benehmen für Aufsässigkeit und prügelten uns halbtot. Im allgemeinen schnitten wir bei solchen Feuerproben gut ab. Es kam vor allem drauf an, nicht zu schreien oder zurückzuzucken, die geschwollene Hand nicht in die Achselhöhle zu stecken und nicht zu plärren, wenn man an seinen Platz zurückging, sondern gelassen zu lächeln, als verzeihe man dem Lehrer alles. Das machte die Mönche ganz rasend.

Bobs Vater hatte zum zweitenmal geheiratet. Darüber war die ganze Nachbarschaft entsetzt, denn er und Bobs Mutter waren ein sehr glückliches Paar gewesen. Sie war eine stille, fleißige Frau, und Mr. Desmond war groß und fröhlich und temperamentvoll. In seine Kinder war er närrisch verliebt, und wenn einem Kind nur mal die große Zehe wehtat, ließ er gleich den Doktor kommen. Ich hatte Bob ein bißchen beneidet, weil er stets alle Bücher und Spielsachen erhielt, die er sich wünschte.

Mit dem Tod seiner Mutter änderte sich alles. Das Familienleben wurde schrecklich. Wenn Bob aus der Schule nach Hause kam, fand er seinen Vater, den baumlangen, starken

Menschen, mit einem ihrer Kleider, das er weinend küßte, auf dem Bett liegen. Dann setzte sich Bob zu ihm auf die Bettkante und versuchte, ihn zu trösten und ihm zu erklären, daß die Mama ja im Himmel sei. Es war schlimm genug, wie es war, aber daß Mr. Desmond auch in aller Öffentlichkeit weinte, machte Bob den größten Kummer. Bob war ein stolzer Junge und ziemlich verschlossen. Mit seinem Vater empfand jedermann Mitleid. Aber schon nach wenigen Monaten ging er mit einer andern Frau aus, und schließlich heiratete er sie. Meine Mutter hat ihm das nie verziehen.

Die zweite Mrs. Desmond war ein schmuckes kleines Persönchen, wie mein Vater es bezeichnete, hübsch, lebhaft, nicht auf den Mund gefallen und sehr gutmütig. Zu Bob war sie besonders lieb und behandelte ihn nicht so sehr wie einen Jungen, sondern eher wie einen Erwachsenen, mit dem sie flirten konnte. Irgendwie war er vermutlich ebenso erwachsen wie sie, wenigstens in mancher Hinsicht. Sie amüsierte sich für ihr Leben gern, und jeden Abend ging sie Arm in Arm mit Mr. Desmond zu Bridgeabenden oder ins Theater und Kino. Das war schlimm für Bob. Er hatte nämlich noch eine Schwester namens Sheela, die ein richtiger Plagegeist war, und weil sie kein Dienstmädchen hatten, mußte eins von den Geschwistern daheimbleiben und das Haus hüten.

»Wer von euch beiden bleibt heute abend zu Hause?« rief Mrs. Desmond meistens schon, wenn sie die Treppe hinunterwirbelte und sich bewundernd vor den Spiegel stellte. »Sheela, bleib du heute abend zu Hause!«

»Warum ich denn?« heulte Sheela sofort los. »Kann's denn Bob nicht? Ich war gestern abend dran!«

»Du hast es nicht gestern abend getan!« stellte Bob dann auf seine langsame Art fest. Es brauchte immer einige Zeit, bis Bobs Ärger auf Hochtouren lief, denn bei Menschen wie Sheela, denen das Lügen zur zweiten Natur geworden war, besaß er nie genügend Geistesgegenwart. Das gab ihr stets einen großen Vorsprung.

»Aber ich muß zu Susie Cross gehen und mir die Lösungen für meine Rechenaufgaben holen!« schrie Sheela, und ihre Stimme erklomm die höchsten Höhen ihrer Tonleiter.

»Ach, mit dir ist es immer das gleiche!« rief Mrs. Desmond angewidert, zupfte an ihrem Kleid und schob ihr Hütchen etwas mehr auf die Seite, während sie in den Spiegel sah. »Ist ja alles dummes Geschwafel!«

»Lieber Heiland, ich hab überhaupt kein Leben in dem verrückten Haus hier!« rief Sheela dann, vergoß Tränenfluten und lief nach oben, wo sie sich auf ihr Bett warf und das Gesicht im Kopfkissen vergrub. Das nützte manchmal, wenn ihr Vater zufällig nach Hause kam. Er war ein empfindsamer Mann, und ein bißchen Verzweiflung griff ihm stets ans Herz. Dann kam er wohl mit ernstem Gesicht wieder nach unten und nahm sich Bob vor: ein halber Shilling mußte Sheelas Kummer aus dem Wege räumen. Wenigstens für den einen Abend. Half er aber nicht, dann war der Teufel los! Kaum waren die Eltern aus der Tür, so saß sie schon auf dem Fensterbrett, mit wütendem Blick, die Beine übereinandergeschlagen, und brüllte quer über die Straße, um die Ryan zu rufen. Ich konnte sie sogar bis zu unserm Haus hören, und manchmal hätte ich sie am liebsten erwürgt. »Ich kann nicht ausgehen!« jammerte sie dann beleidigt und empört. »Ich muß das blöde Haus hüten!« Woraufhin die Ryan über die Straße kam und Sheela sich mit verschränkten Armen und aufgestütztem Kopf über das Gartentor lümmelte. Sie schwatzten das Blaue vom Himmel herunter, bis es dunkel wurde und die Gaslaternen aufflammten und die kleineren Kinder in ihren weißen Schürzchen sich um die Laternenpfähle haschten. Das machte Sheela vollends verrückt. Wenn ich dann Bob besuchte, war sie restlos verzweifelt. Mit betrübter Miene kam sie zu uns ins Zimmer und zupfte an ihren schwarzen Zöpfen.

»Bob«, flehte sie so rührend wie eine junge Mutter, die darum bittet, auf das Baby aufzupassen, während sie hinaufläuft, um die Flasche zu holen: »Könntest du bitte nur für fünf Minütchen auf das Haus aufpassen? Ich möchte mir bloß schnell die Lösungen von Susie Cross besorgen!«

»Ich denk nicht dran!« murrte Bob dann bestürzt und ahnungsvoll. »Weshalb kann sie denn nicht zu dir kommen?«

»Weil sie auch aufs Haus aufpassen muß, Bob! Wahrhaftiger Gott, der Lehrer bringt mich sonst um! Glaub's mir doch, Bob, wenn ich nicht in fünf Minuten wieder hier bin, will ich auf der Stelle tot umfallen.«

»Deine fünf Minuten, die kenn ich!« brummelte Bob. »Und nachher bleibst du zwei Stunden weg.«

»Bestimmt nicht, Bob, bestimmt nicht!« beteuerte sie mit gefalteten Händen und nickte fromm, und ihre Zöpfe wackelten mit. »Und wenn's nicht wahr ist, will ich heut nacht im Schlaf sterben!«

»Ach, hör bloß auf!« rief Bob manchmal ärgerlich (denn er schlug ihr nicht gern etwas ab). »Auf dich kann man sich nie verlassen!«

»Meinetwegen!« zischte sie nun giftig los und hatte die Hände auf die Hüften gestemmt, ein echter Weibsteufel – wenn auch erst zwölfjährig. »Du brauchst auch gar nicht, du dreckiger, verkommener, fauler, dummer Saukerl!«

Danach ging sie mit der Miene einer beleidigten Königin wieder zur Haustür, schlängelte sich allmählich zum Gartentor, stützte die Arme auf, als wollte sie den andern erzählen, sie könne nicht kommen, und dann – als hätten die Stimmen um die Laterne oder das Blinzeln der ersten Sterne einen wilden Instinkt in ihrem Blut geweckt – warf sie einen einzigen Blick zurück, zupfte hastig an ihren Strumpfbändern und stürmte wie der Wind davon. Von weitem waren ihre wilden Schreie zu hören. O Gott, wie ich das Mädchen verabscheute!

Bob hätte es natürlich nicht zu beachten brauchen. Wir hätten zur Kaserne gehen können, denn wir waren mit einigen Tommies befreundet. Aber das hätte für Sheela eine Tracht

Prügel bedeutet. Das wäre nach Bobs Ansicht nicht fair gewesen. Mir schien, bei Leuten wie Sheela, die ich zu den Barbaren zählte, ging es nicht um fair oder unfair. Aber Bob konnte wohl nicht anders denken, da sie seine Schwester war. Bob sagte mir daher mit der Miene eines Kapitäns auf seinem sinkenden Schiff, ich solle allein zur Kaserne gehen, und ich spielte die Rolle des aufopfernden Freundes und behauptete, mir läge nichts daran. Anstatt also im Dunkeln um die Kaserne zu strolchen, Zigarettenpapiere aufzuheben und mit merkwürdigen Typen zu sprechen, setzten wir uns ins Vorderzimmer und spielten eine langweilige Partie Dame. Mein einziger Trost war, daß Bob mit düsterer Miene prophezeite, es würde ein schlimmes Ende mit Sheela nehmen. Was mich betraf, mochte das lieber heut als morgen geschehen.

Und es geschah tatsächlich bald. Eines Tages schwänzte sie die Schule, gab vor, krank zu sein, und blieb zu Hause. Ihre Stiefmutter beauftragte sie, sich um das Haus und das Mittagessen zu kümmern. Als Mrs. Desmond aus der Stadt zurückkehrte – Bob mußte jeden Augenblick aus der Schule kommen –, stand die Haustür weit offen, das Feuer im Herd war ausgegangen, und das Essen war verbrannt. Von Sheela war natürlich keine Spur zu sehen. Bob erschien und half, aber Mrs. Desmond war äußerst empört, und im Zorn geriet ihr alles daneben. Endlich trieb der Hunger auch Sheela nach Hause.

»Wo bist du gewesen?« schrie ihre Stiefmutter sie ärgerlich an.

»Ich war aus!« antwortete Sheela, denn die Furcht machte sie dreist. »O jemine!« staunte sie dann über den Anblick, als wäre sie nicht darauf gefaßt. »Ist dir das Feuer ausgegangen? Und dabei war ich keine fünf Minuten weg!«

»Zünde das Feuer an!« befahl Mrs. Desmond.

»Mit wem sprichst du eigentlich?« fragte Sheela frech.

»*Was* sagst du da?« fragte Mrs. Desmond drohend und trat einen Schritt vor.

»Ich laß mich nicht von dir wie'n Dienstmädchen behandeln!« rief Sheela und begann zu weinen.

»Sofort zündest du das Feuer an!« befahl die Stiefmutter, nahm sie beim Arm und schüttelte sie.

»Nimm deine dreckigen Pfoten weg, sonst kann dir was blühen!« heulte Sheela.

Da verlor Mrs. Desmond anscheinend die Geduld und gab ihr einen derben Klaps, worauf Sheela das Schüreisen ergriff und Bob sich einzumischen versuchte.

»Laß doch bitte Sheela in Ruhe!« sagte er vorwurfsvoll.

Kaum sah Sheela, daß Bob auf ihrer Seite war, da schwang sie auch schon das Schüreisen und ging damit auf ihre Stiefmutter los. »Komm mir ja nicht zu nah, sonst mach ich dich kurz und klein!«

Mrs. Desmond war zwar von Natur eine gutmütige Frau und alles andere als gehässig, aber sie konnte hitzig werden, und selbst eine Heilige hätte den Anblick des mageren Würmchens mit den schwarzen Zöpfen, das sie mit dem Schüreisen bedrohte, nicht ertragen, ohne aus der Haut zu fahren. Wie ein Raubvogel fiel sie über Sheela her, riß ihr das Schüreisen aus der Hand und gab ihr damit ein paar kräftige Hiebe auf den Hintern. »Hilfe! Hilfe!« schrie Sheela aus Leibeskräften. »Mein Rückgrat ist gebrochen!« Nun verlor Bob den Kopf. Er zwängte sich zwischen die beiden, und als Mrs. Desmond ihn wegschob, versetzte er ihr einen Fußtritt. Sie ließ plötzlich das Eisen fallen, sank auf einen Stuhl und rieb sich das Schienbein. Ihr Gesicht war qualvoll verzerrt.

»Du heimtückischer kleiner Schuft!« rief sie wütend und unter Tränen.

»Du hättest meine Schwester nicht schlagen dürfen!« sagte Bob mit leiser Stimme.

»Ich bin fertig mit euch!« rief sie verbittert. »Das Nachspiel überlasse ich eurem Vater.«

Bob kam zu uns und war kreidebleich. Meine Mutter sah

gleich, daß etwas nicht in Ordnung war. Sie hatte für Bob viel übrig, da sie ihn für eine Halbwaise hielt, dessen Vater sie so schwer enttäuscht hatte. Sie glaubte felsenfest, er hätte es bei der Stiefmutter nicht gut.

»Du kommst aber sehr früh heute, Bob!« rief sie. »Hast du denn schon Mittag gegessen?«

Bob grinste höflich und sagte, das Feuer sei ausgegangen, und meine Mutter drängte ihm eine Tasse Tee auf. Erst als wir in die Schlucht hinuntergingen, wo wir meistens unsre Nachmittage verbrachten, erzählte er mir, was passiert war. Ich war entsetzt, und ich glaube, daß auch er entsetzt war. Mit dem Fuß treten – das war nicht fair, und erst recht nicht, wenn es sich um eine Frau handelte.

»Und was wird dein alter Herr dazu sagen?« fragte ich.

»Ach, das ist mir gleich«, antwortete er und setzte eine höhnische, erwachsene Miene auf. »Und überhaupt kann ich jederzeit in die Marine eintreten«, schloß er düster.

Theoretisch hatte ich nichts gegen die Marine, aber wir hatten uns beide längst fürs Heer entschieden, und es schien ein zu großes Opfer für jemand wie Sheela, die bloß ein Untermensch war. Frauen und Kinder zu beschützen, war gut und recht, aber wer diesen Grundsatz aufgestellt hatte, der kannte Sheela nicht.

»Jedenfalls ist sie meine Schwester«, brummelte er, »und sie hat keinen, der ihre Partei ergreift.«

In der Schlucht war es diesmal besonders fein; die Soldaten hatten Schießübungen und Signalübungen, und ein junger Korporal erklärte uns alles und ließ uns selber probieren. Wir kamen spät nach Hause und hatten mittlerweile sogar das Vorhandensein einer Marine vergessen. Bob wollte mir eine Zeitung geben, deshalb begleitete ich ihn. Als wir in seine Straße einbogen, wurde er plötzlich still und sagte leise: »Warte hier, ich bring sie dir nach draußen!« Ich sah nicht ein, weshalb ich warten sollte, deshalb folgte ich ihm nach einiger Zeit und stellte mich an die Haustür. Ich hörte seines

Vaters Stimme, und da erst fiel mir alles wieder ein. Zu meiner Erleichterung schien sein Vater nicht zornig, sondern nur bestürzt zu sein.

»Was muß ich da von dir hören, Bob?« fragte er. »Ist es wahr, daß du deine Mutter mit dem Fuß getreten hast?«

»Ja, Pappi«, erwiderte Bob. Er wartete einen Augenblick und schloß dann: »Es tut mir leid!«

»Ich muß mich sehr über dich wundern, Bob!« fuhr sein Vater fort. »Von Sheela kann's mich nicht überraschen, aber von dir hätte ich es nicht erwartet. Warum hast du's getan, Bob?«

»Mutter hat Sheela geschlagen, Pappi«, erklärte Bob bedrückt.

»Und Sheela war unverschämt«, schalt Mrs. Desmond, »und du weißt ganz gut, daß sie es verdient hat.«

»Stimmt das, Bob?« fragte sein Vater.

»Ja, es stimmt«, erklärte Bob offen. »Sie ist immer frech, und sie brauchte mal eine gehörige Tracht Prügel!«

»Warum hast du dich dann eingemischt?« fragte sein Vater gereizt.

»Weil Mutter sie nicht schlagen darf!« antwortete Bob mürrisch.

Beinahe hätte ich »Hört! Hört!« gerufen. Ich kam mir gar nicht wie ein Lauscher vor, sondern wie jemand, der Bob unterstützen mußte. *So* hätte ich gern mit den Mönchen gesprochen: nicht trotzig, sondern ihnen einfach bewiesen, wo sie sich irrten.

»Meinst du wirklich, Bob?« fragte seine Stiefmutter spöttisch. »Besten Dank! Dann weiß ich nächstes Mal Bescheid.«

Sein Vater aber war nun richtig wütend. »Was unterstehst du dich, so vor deiner Mutter zu sprechen, Bob?«

»Es ist doch wahr, Pappi!« sagte Bob flehend. »Ich weiß, daß Sheela ungezogen war, und ich weiß, daß sie bestraft werden muß, aber Mutter hätt's *dir* sagen müssen, anstatt daß sie's selber macht!«

»Da hast du's«, rief Mrs. Desmond mit bitterem, ironischem Gelächter, »in dem Haus hier hab ich nichts zu suchen!«

»Was soll das heißen?« wandte sich Mr. Desmond wütend an Bob. »Weshalb darf sie Sheela nicht bestrafen?«

»Weil sie nicht unsre Mutter ist«, erwiderte Bob standhaft. Noch nie war ich so stolz auf Bob gewesen, aber im gleichen Augenblick hörte ich etwas, das mich ganz wild machte: eine schallende Ohrfeige und einen Schmerzensschrei, den Bob ausgestoßen hatte. Es muß eine saftige Ohrfeige gewesen sein, denn wir hatten uns geschworen, nie zu heulen. Am liebsten wäre ich hineingelaufen und hätte Mr. Desmond meine Meinung gesagt. Wenn's die Schule gewesen wäre, hätte ich's bestimmt getan – aber im Haus eines Freundes – das war was anderes. Ich drehte mich um und wollte gehen. Verdammt hilflos kam ich mir vor.

»Sie ist nicht eure Mutter?« fragte Mr. Desmond mit so giftigem Tonfall, wie ich's ihm nie zugetraut hätte.

»Nein, nein – das ist sie nicht!« schrie Bob, und wieder heulte er auf, und ich sah ihn förmlich vor mir, wie er vor dem Hagel von Hieben die Hände schützend über den Kopf hielt. Ich ging nicht weg, sondern drehte mich wieder um: ich wollte anklopfen und so tun, als müßte ich zu Bob. Doch Mrs. Desmonds Stimme ließ mich stillstehen und lauschen.

»Aber Charlie!« rief sie überrascht und ängstlich, »schlage doch den Jungen nicht so furchtbar! Es macht ja nichts! Laß ihn jetzt in Ruhe!«

»Ich werd's ihm beweisen, wer hier Herr im Haus ist!« fauchte Mr. Desmond.

»Laß das, hörst du!« rief sie scharf, und ich konnte mir vorstellen, daß sie sich schützend vor Bob stellte. »Wenn du jemand strafen willst, dann strafe Sheela. Sie hat die ganze Sache auf dem Gewissen!«

»Erst will ich's dem kleinen Frechdachs heimzahlen!« keuchte er mit unterdrückter Stimme, und dann hörte ich so etwas wie ein Handgemenge und begriff, daß sie Bob und ihren Mann trennen wollte. Mittlerweile war der Krach in die Öffentlichkeit gedrungen. Die Nachbarin trat vor ihre Haustür und tat so, als wollte sie nach ihren Kindern Ausschau halten.

»Hör sofort auf!« rief Mrs. Desmond schrill. »Du bist schlimmer als ein Kind!«

»Laß mich in Ruhe! Ich muß ihm beibringen, wie er sich zu benehmen hat!«

»Benimm dich lieber selbst!« rief sie. »Überlaß den Jungen mir, hörst du? ... Weiß Gott, Bob«, fuhr sie verbittert fort, »ich hätt's nie von dir erwartet, daß du dich so zu mir benehmen würdest!«

»Ich werd's ihm beibringen!« schrie der Vater wütend.

»Gott im Himmel«, schnauzte sie ihn an, »das Kind hat mehr Vernunft als du! So kann sich ein Erwachsener doch nicht benehmen! Möchtest du, daß er mich nicht mehr leiden kann? ... Komm her zu mir, Bob«, fuhr sie sanft fort, und dann wurde es in der Küche plötzlich still, und ich hörte nur noch Bobs unterdrücktes Schluchzen. Ich gebe gern zu, daß mir selbst auch die Tränen gekommen waren. »Ach, wie du aussiehst!« sagte sie mitleidig. »Komm, sieh mich mal an, und laß dir die Augen und das Gesicht trocknen! So, sind wir nun wieder gute Freunde?«

»Ja, Mutter!«

»Und du trittst mich nicht wieder?«

»Nein, Mutter!«

»Es macht mir nichts, wenn du mal wütend auf mich wirst, aber das ist was anderes. So schlimm, wie du mich getreten hast, würdest du nicht mal einen Hund treten. Stimmt doch, nicht wahr? ... Geh jetzt, Charlie, geh raus!« rief sie aufgebracht. »Geh irgendwohin und laß uns allein ... Was hast du gesagt, Bob?«

Bob sagte etwas, das ich nicht verstehen konnte, und sie auch nicht, wie es schien.

»Was hast du getan?« fragte sie.

»Ich hab's Mammi versprochen, ich würde aufpassen, daß du Sheela nicht schlägst«, sagte er.

»Das hast du deiner Mammi versprochen, Bob?« rief sie ungläubig. »Aber das konntest du doch gar nicht!«

»Ich mußte«, sagte er und schnupfte auf. »Sie wollte es!«

»Also hör mal, Bob«, sagte sie, und es klang ein ganz bißchen belustigt, »ich kannte ja deine Mammi gar nicht, und deine Mammi hat mich nicht gekannt. Sie konnte dich also nicht bitten, ihr so etwas zu versprechen. Du hast wohl geträumt?«

»Nein, ich hab's nicht geträumt!« entgegnete er ärgerlich.

»Wann war es denn?«

»Am Tag, ehe sie starb.«

»Am Tag, ehe sie starb?« wiederholte sie verdutzt.

»Ja, nachdem der Pater gegangen war. Mrs. O'Regan rief uns beide zu Mammi, und dann schickte sie Sheela wieder weg und wollte, daß ich noch bleibe.«

»Ist das dein Ernst, Bob?«

»Bestimmt!« versicherte Bob. »Und dann sagte sie zu mir, wenn sie nicht mehr da wäre, würde Pappi eine andre Frau ins Haus bringen, und die würde uns nicht liebhaben, sondern uns schlagen. Und darum mußte ich ihr versprechen, wenn du mich oder Sheela schlägst, daß ich dich dann auch schlage.«

Selbst ich, der ich die Bedeutung von Bobs Worten nur halb erfaßte, hatte ein Gefühl, daß etwas Furchtbares geschehen war. Drin herrschte eine Stille, die man mit dem Messer hätte schneiden können.

»Ich verstehe, Bob«, sagte sie schließlich bitter. »Und seit ich in euer Haus kam, hab ich euch natürlich nie liebgehabt und euch wehtun wollen.«

»Nein, das stimmt nicht!« rief er leidenschaftlich. »Das hab ich nicht gesagt, Mutter!«

»Vielleicht kann's der liebe Gott deiner Mammi verzeihen, Bob«, sagte sie leise.

Dann hörte ich Mr. Desmond, der die Treppe herunterkam, und ich wurde mir auf einmal meiner eigenen Schuld bewußt. Ich hatte etwas belauscht, was ich niemals hätte mit anhören dürfen. Vielleicht hatte ich ein Geräusch gemacht, und er wollte jetzt nachsehen, wer da spioniert hatte! Ich nahm also die Beine in die Hand und raste wie ein Verrückter die Straße hinunter. An der Ecke blieb ich stehen und sah mich um. Er ging in der andern Richtung weiter, ins Freie hinaus. Er hatte mich überhaupt nicht gesehen. Vielleicht hatte er auch sonst nicht viel gesehen, der arme Tropf!

Nicht zulässige Route

Genau wie zwischen benachbarten Ländern gibt es auch zwischen Männern und Frauen offiziell genehmigte Grenzübergänge, an die man sich halten muß. Wählt man eine andre, nicht zulässige Route, tut man es auf eigene Gefahr – wie edel die Absicht auch sein mag.

Als ich in England lebte, freundete ich mich mit einem andern Iren namens Frankie Daly an. Frankie war ein Mann, wie er bei Männern beliebt ist. Er war gewissenhaft, aber nicht so sehr, daß es Leuten, die sich auch ein Gewissen machten, auf die Nerven ging. Er war streng gegen sich selbst, aber duldsam gegenüber anderen. Gute Eigenschaften, die er selber hatte – Gewissenhaftigkeit, Treue und Großherzigkeit –, verlangte er nicht von seinen Freunden, und daher gaben sie sich die größte Mühe, sie vor ihm zur Schau zu stellen. Auch Mick Flynn, der nur vom Pump lebte, verkündete es mit Pauken und Trompeten, wenn er Frankie ein Pfund zurückgab, das er ihm schuldete.

Frankie und ich waren mit zwei Lehrerinnen befreundet, die ein kleines Häuschen an der School Lane hatten und häufig im Pub mit uns zusammen einen Drink nahmen. Rosalind und Kate hätten Schwestern sein können, so wenig gemeinsame Züge hatten sie. Kate war die geborene alte Jungfer: sie war mager, häßlich und traurig und hatte das gütigste Herz von der Welt. Sie war sehr links orientiert und liebte es, dem Kapitalismus die Schuld an ihren Kümmernissen zu geben. Rosalind dagegen war ein hübsches Mädchen mit einem runden und ziemlich mürrischen Gesicht; stets trieb sie es mit irgendeinem Mann, und meistens – jedenfalls behauptete es Kate – mit einem finsteren Individuum. Und da die Liebe bekanntlich durch den Magen geht, war Rosalind auch eine ausgezeichnete Köchin, während Kate für ihr Leben gern gut aß, aber nicht selbst kochen konnte und so heikel war, daß sie beim bloßen Anblick von Kochfett davonlief. Und was sie beim Kochfett empfand, das empfand sie auch den Männern gegenüber, so daß ich manchmal argwöhnte, sie identifiziere beides. Ich fragte mich oft, wie sie sich die Liquidierung von Kapitalisten vorstellte, weil das doch bestimmt nicht ohne Blut und Schmierkram abgehen konnte.

Eines Tages tauchte noch ein Landsmann von Frankie und mir auf, der hier eine kurzfristige Arbeit zu erledigen hatte. Er war ein schlaksiger, gutherziger, leidenschaftlicher Mensch, der komische Geschichten liebte und unerklärliche Anwandlungen von schlechter Laune hatte. Weil die möblierten Zimmer knapp und die Hotels teuer waren, boten ihm die beiden Lehrerinnen ein Zimmer in ihrem Häuschen an. Er lebte sich so gut bei ihnen ein, daß er und Rosalind nach ungefähr einer Woche ein Liebespaar waren. Von Männern konnte man Rosalind einfach nicht fernhalten.

Kate überließ sich nun gänzlich dem Lebenszweck, Jim Hourigan zu verabscheuen und so gemein zu ihm zu sein, wie sie es in Rosalinds Anwesenheit wagte. Daß ein Geliebter Rosalinds unter einem Dach mit ihr, Kate, lebte, war gerade so, als müßte sie immerfort fettigen Bratpfannen aus dem Weg gehen: sie konnte sich nicht rühren, ohne ein männliches Unterhemd oder ein Paar Socken zu erblicken. Sie genoß die Plage jedoch von Herzen und erzählte uns mit schwarzem Humor, daß es früher schlimm genug gewesen sei, als sie wach lag und nicht wußte, was Rosalind anstellte, doch sei das nichts, verglichen damit, daß sie jetzt wach lag und wußte, was Rosalind anstellte. Sie konnte keinen Streit mit ihr anfangen, denn Rosalind hatte ein unberechenbares und heftiges Temperament, dem sie sich überließ, wenn es um Männer ging. Kate erklärte es sich verstandesmäßig, indem sie sich sagte, Rosalind, ein ungewöhnlich kluges Mädchen, wisse genau, daß jeder Mann ein Nichtsnutz sei, doch um das zuzugeben, sei sie zu stolz. Sie sagte uns auch, daß Rosalind keinen Geschmack habe und daß all ihre Männer sie ausgenützt hätten; Jim Hourigan sei auch bloß einer von vielen, und ihr einziger Trost sei der, daß sie selbst da war, bereit, die Bruchstücke aufzulesen, wenn die unvermeidliche Enttäuschung kam. Frankie und ich lachten nur über Kates Gebrumm. Wir wußten nicht, was für ein Mensch Jim Hourigan war, und im Grunde war es uns auch egal.

Als er seine Arbeit erledigt hatte, kehrte er nach Irland zurück, nicht ohne dem Mädchen lang und breit versprochen zu haben, sie für einen langen Ferienaufenthalt nach Irland herüberzuholen und auch selbst bei der ersten Gelegenheit wieder nach England zu kommen. Kate war sehr vergnügt, denn sie war fest überzeugt, daß an seinem Versprechen kein wahres Wort sei – sie hegte die schlechteste Meinung von seinem Charakter und seinen Motiven –, und sie freute sich, Rosalind und das Häuschen wieder für sich allein zu haben. Auch Rosalind war froh, denn weil sie noch nie mit einem Iren zu tun gehabt hatte, glaubte sie an jedes seiner Worte wie ans Evangelium, hatte alles für die Sommerferien vorbereitet und war fest überzeugt, daß Hourigan sie dann bitten würde, ihn zu heiraten. Sie schrieb ihm lange, fröhliche Briefe, erinnerte ihn geschickt an unser Städtchen und die Menschen, die er hier getroffen hatte, und wiederholte Kates schwarzseherische Aussprüche über das Wetter, die Lage in Europa und die Kosten des Lebensunterhalts.

Doch die Reaktion auf ihre Briefe war beunruhigend spärlich. Das einzige Ergebnis war schließlich eine bunte Ansichtskarte, auf der es hieß, wie sehr sich Hourigan darauf freue, wieder nach England zu kommen. Einen beharrlichen Briefschreiber hätte das ermuntern können – nicht so Rosalind, die sich schwarz ärgerte. Sie war es nicht gewöhnt, daß ihre glänzenden Briefe mit so geringem Respekt behandelt wurden, und sie schrieb es ihm auch, aber darauf folgte überhaupt nichts. Kate nahm unterdessen an Gewicht zu, und es war das reinste Wunder, wieso sie es tat, denn Rosalind war so aufgebracht, daß sie sich weigerte, zu kochen, und Kate mußte Bratwurst essen, die sie verabscheute, und obendrein noch selbst die widerliche Bratpfanne reinigen.

Aber das war noch lange nicht ihr ganzer Kummer. Rosalind, unvorsichtig wie immer, sollte ein Baby bekommen! Kates Einstellung entsprechend wäre ein niedliches Baby ohne einen ekligen Störenfried von Vater zwar ein wahrer Segen gewesen, aber in einem englischen Landstädtchen betrachtet man dergleichen nicht als Segen. Erstens würde Rosalind ihre Stellung verlieren, denn Lehrerinnen dürfen Babies nicht ohne Trauschein bekommen – so etwas ist einfach unerhört. Und zweitens blieb der Vermieterin nichts weiter übrig, als ihnen zu kündigen: das gehörte auch zur Disziplin, und selbst wenn die Vermieterin eine einsichtige Frau gewesen wäre (was sie nicht war), hätte sie es immer noch schwierig gefunden, ein solches Verhalten zu ignorieren. Sie mußten eben versuchen, das Ganze zu vertuschen und das Baby einer Pflegemutter überlassen.

Aber darin erwies sich Rosalind als vollkommen eigensinnig. Sie erklärte, sie wolle ihr Baby behalten, und es sei ihr egal, wer es wüßte. Immerhin hörte sie auf, mit uns andern zum Drink ins Pub zu kommen, und Kate kam allein – trübsinniger denn je. Sie war niedergeschlagen, weil sie Rosalind nicht dazu bringen konnte, Vernunft anzunehmen. Es brauchte doch nur für ein paar Jahre zu sein, und dann könnten sie es irgendwie einrichten, daß Rosalind das Baby adoptierte!

»Das wäre nicht sehr richtig, Kate«, sagte Frankie, als sie es erwähnte.

»Ja, was kann sie denn sonst tun, Frankie? Soll sie Arbeit als Putzfrau übernehmen?«

»Das sind Probleme, die sich von selbst lösen, Kate«, sagte er halsstarrig. »Ein Baby, das man in Pflege gibt, ist ein Problem, das sich nie lösen läßt.«

Ohne Kate oder mir etwas zu sagen, ging er am nächsten

Abend zu Rosalind in die Wohnung und fand sie allein vor dem Kamin.

»Kommst du nicht mit ins Pub, Rosa?« fragte er munter.

»Nein, Frankie«, sagte sie, ohne aufzublicken.

»Warum denn nicht? Du weißt doch, ohne dich ist's nicht das gleiche!«

Sie vergrub ihr Gesicht in den Händen. Frankie saß verlegen da, hatte die Beine von sich gestreckt und lutschte an seiner Pfeife.

»Kate hat mir erzählt, daß du dich nicht von dem Kind trennen willst.«

»Anscheinend werde ich überhaupt nicht gefragt.«

»Trotzdem finde ich, daß du recht hast und daß Kate unrecht hat«, sagte er ernst.

»Leicht gesagt, Frankie!« erwiderte sie. »Für Kate ist es nicht so einfach, denn sie muß auch an ihre Stelle denken.«

»Wenn du so denkst, wäre es doch besser, du würdest heiraten?«

»Der Mann, der mich nimmt, bekäme was Feines!« entgegnete sie wütend. »Dem werden sie auf der Straße nachjohlen.«

»Das ist seine Angelegenheit«, meinte Frankie. »Viele Männer würden dich noch so gern heiraten. Du mußt wegen dieser Sache nicht geringschätzig von dir sprechen.«

»Ach, rede doch keinen Unsinn, Frankie!« sagte sie müde. »Wer würde mich wohl nehmen – mitten aus dem Skandal heraus?«

»Ich zum Beispiel – falls du niemand weißt, den du lieber magst?«

»Du würdest das tun?« fragte sie ungläubig.

»Und ich würde mich sehr geehrt fühlen«, fügte Frankie fest entschlossen hinzu.

»Ist es dir ernst, Frankie?« fragte sie beinah zornig.

»Natürlich ist es mir ernst.«

»Und die ganze Schande willst du auf dich nehmen?«

»Von Schande kann keine Rede sein«, erklärte er trocken.

»Darin täuschst du dich eben. Wo kein Vergehen war, ist auch keine Schande da. Wenn man andre täuscht, ist es eine Schande – aber nicht, wenn man selbst getäuscht wird.«

»Oh, ich kann's nicht, Frankie, ich kann's nicht!« rief sie verzweifelt. »Ich habe mich mit diesem Nichtsnutz so dumm benommen, daß ich einem andern Mann nicht zumuten kann, mir meine Sorgenlast abzunehmen.«

»Von Last kann hier nicht die Rede sein«, erwiderte er. »Du mußt nicht denken, daß ich dich nur deshalb bitte, weil du in der Klemme bist. Ich hätte dich sowieso gefragt, wenn du das alles hinter dir hast und dich frei entscheiden kannst. Wenn ich dich jetzt frage, ist's nur deshalb, weil es dir die nächste Zukunft etwas leichter machen könnte.«

»Warum hast du mich nicht eher gefragt?«

»Vielleicht habe ich gedacht, ich hätte dir nicht viel zu bieten«, sagte Frankie und lächelte scheu.

»Mein Gott«, sagte sie und stand auf. »Ich hätte dich auf der Stelle geheiratet!«

Sie setzte sich ihm aufs Knie und umarmte ihn verzweifelt. Er war ein ungeschickter Liebhaber. Als müsse er sich rechtfertigen, sprach er in bekümmertem Tonfall über seine Stelle, sein Zuhause und seine Familie und auch davon, wieviel er verdiene und wo sie wohnen könnten. Sie dachte nur daran, was es für sie bedeutete, ein neues Leben anzufangen und von diesem Alpdruck befreit zu sein. Dann packte sie ihn bei den Schultern und blickte ihm mit schlafwandlerischer Miene in die Augen.

»Ich tu's«, rief sie. »Gott steh mir bei, Frankie, es ist mir schrecklich, aber ich tu's für den Kleinen! Ich kann dir nur sagen, daß ich's dir vergelten werde. Da brauchst du dich nicht zu sorgen. Ich werd's dir vergelten, und wie!«

Kate, die eine geringschätzige Auffassung vom Leben und deshalb auch keine besonders hohe vom Schöpfer aller Dinge hatte, wurde beinah fromm. Sie hatte Frankie immer gut leiden können, doch ihre Erfahrung mit Menschen, die ihr gefielen, hatte sie gelehrt, daß sie ihr nur Kummer machten und daß es besser war, sich mit niemandem näher einzulassen. Sie war nicht die einzige, die Frankies Verhalten bewunderte. Uns allen dämmerte es, daß er genau das getan hatte, was wir selbst getan hätten, wären wir nicht so bange vor dem Gerede der Leute gewesen. Dann entdeckten wir, daß die Leute, das heißt, die Nachbarn (mit ein oder zwei Ausnahmen) Rosalind gern hatten und sich darüber freuten, daß sie dem Getriebe der gesellschaftlichen Schande entronnen war, die nun einmal für Frauen mit mehr Gefühl als Berechnung vorbehalten war.

Frankie und Rosalind wurden in aller Stille getraut und wohnten in einem kleinen Haus einige Meilen vor der Stadt, einem ziemlich einsamen Häuschen mit niedriger Balkendecke, hohen Schornsteinen und halsbrecherischer Treppe. Ein großer Garten, über den sich Rosalind freute, gehörte auch dazu. Sie behielt ihre Stelle. Sie wußte, daß die Lehrer es wußten, doch jetzt lachte sie darüber. Es war herrlich, daß sie sich auf Frankie stützen konnte. Bis dahin hatten alle Männer, mit denen sie befreundet war, sie nur ausgebeutet, und sie hatte es sich halb spöttisch und halb gutmütig gefallen lassen – als Preis dafür, daß man sie zu sehr liebte. Wie Kate glaubte auch sie, daß die Männer nun mal so waren, doch spürte sie keinerlei Drang, sie zu bessern.

Unter Frankies Fürsorge wurde sie so rund wie ein Tönnchen und war ebenso töricht wie auffallend schön, während Kate es fertigbrachte, genau wie der besorgte Vater eines ungeborenen Kindes auszusehen. Am auffälligsten hatte sich jedoch Frankie verändert. Er hatte sich immer eine jugendliche Frische bewahrt, jetzt aber sah er wie ein Siebzehnjähriger aus. Vielleicht hatte es etwas mit Rosalinds Küche zu tun, die Kate übrigens zu vermissen begann. Frankie rief sie regelmäßig in der Schule an, fragte, wie es ihr ginge, sauste am Nachmittag zum Bus, um früh heimzukommen, und führte Kate allabendlich ins Pub. Er steckte voller Späße und

Possen, und Rosalind beobachtete ihn mit der zärtlichen Gelassenheit einer Frau, die zuschaut, wie der Mann, den sie liebt, sich wie ein Kaspar aufführt. Und die Sommerabende vor dem Pub waren wirklich schön, wenn die Kruste des vorsichtigen Junggesellen aufbrach und echte Gefühle hervorzusprießen begannen.

Ihr Glück war romantisch. Nur selten erinnerte sich Rosalind wieder an den alten Kummer, und das war meistens in den frühen Morgenstunden, wenn sie durch Bewegungen des Kindes in ihrem Leibe geweckt wurde und sich sogar von dem neben ihr liegenden Frankie im Stich gelassen fühlte. Um ihn nicht zu wecken, weinte sie leise in ihr Taschentuch hinein und hatte ihm den Rücken zugekehrt, doch ihr Körper bebte vor unterdrücktem Schluchzen. Wachte er auf, dann versuchte sie immer noch, sich von ihm fernzuhalten.

»Was fehlt dir denn diesmal Neues?« fragte er voller Humor.

»Was du an mir hast!«

»Was denn?«

»Hab's dir schon gesagt – eine Perle!«

»Nein, das habe *ich* dir gesagt!« Und er klatschte ihr liebevoll aufs Hinterteil.

Dann brach sie in hoffnungsloses Weinen aus und schlug sich auf den Bauch.

»Warum kann's nicht deins sein?« fragte sie unglücklich.

»Jedes Ding zu seiner Zeit!« sagte Frankie.

Er glaubte ihr – das war sein Fehler. Wenn er sie so einsam weinen hörte, glaubte er wirklich, es sei nur wegen ihrer zweifelhaften Lage und nicht wegen der Demütigung, von einem Tunichtgut wie Hourigan zurückgewiesen und in eine Ehe mit jemand anderm gejagt worden zu sein. Frankie war ein guter Mensch; er begriff nicht, daß unter solchen Umständen keine Frau glücklich sein kann, auch nicht mit dem besten Mann von der Welt, sogar nicht einmal mit dem Mann, den sie liebt. Liebe hat nämlich gar nichts damit zu tun. Wer so etwas ignoriert, übersieht die Eitelkeit der Frauen, die Haupttriebfeder ihres Charakters.

Ihre Stunde kam mitten in der Nacht, und Frankie kehrte am frühen Morgen halb betäubt vor Kummer und Staunen aus der Klinik zurück: er war bekümmert über die bloße Möglichkeit, daß ihr Leben in Gefahr sein könne, und erstaunt, daß das Leben eines andern Menschen ihm soviel bedeutete. Er machte Feuer, merkte aber dann, daß es ohne sie in dem kleinen Haus unerträglich war: es schien ebenfalls halb betäubt vor Kummer und fragte sich vermutlich, wann Rosalind zurückkehren würde, um den Morgenrock anzuziehen, das Teewasser aufzusetzen und das Geschirr abzuwaschen. Er wollte sich Frühstück machen, brachte es aber nicht über sich, die Sachen anzurühren, die eigentlich ihr gehörten und mit der unendlichen Geduld der leblosen Dinge auf sie warteten. Er verwünschte sich, als er begriff, daß er seinen Kummer mit dem eines gewöhnlichen Teekessels gleichsetzte. Er frühstückte in einem Café und zog dann los, wanderte querfeldein und machte nur dann und wann in einem Wirtshaus halt, um in der Klinik anzurufen. Es wurde Abend, bis alles überstanden war und Rosalind und das Kind – ein Sohn – wohlauf waren. Dann nahm er sofort ein Taxi.

Als er vorgelassen wurde, war sie noch betäubt von den Mitteln, aber sie klammerte sich heftig an ihn.

»Schau nicht hin!« rief sie ungestüm. »Erst das nächstemal!«

»'s ist doch deiner!« sagte Frankie und blickte lächelnd auf das kleine Portiönchen im Babykorb. »Oh«, rief er empört, »ich hätte gedacht, daß man sie rausholen kann, ohne sie zu zerkratzen!«

»Hörst du, wie die Kinder vorm Haus spielen?« fragte sie glücklich.

»Nein«, antwortete Frankie überrascht. »Was spielen sie?«

»*Hamlet,* glaube ich«, erwiderte sie und schloß die Augen. Da sah er, daß ihre Gedanken noch wanderten, und ging auf

Zehenspitzen hinaus. Aus reinster Erleichterung kippte er sich rasch hintereinander drei Whiskys in die Kehle, ohne auch nur beschwipst zu werden. Dann versuchte er, die alte Stammtischrunde zusammenzutrommeln und mit uns zu feiern, aber durch einen unerklärlichen Zufall, wie sie in solchen Augenblicken immer vorkommen, waren wir alle aus. Und er wollte einfach nicht nach Hause gehen. Als er dann doch aus dem Bus stieg und quer übers Weideland seinem Häuschen zustrebte, sah er aus dem Schatten der Bäume einen Mann treten und wußte sofort, wer es war. Das Herz sank ihm.

»Frankie!« bat Jim Hourigan flehend. »Ich muß mit dir sprechen!«

Frankie blieb stehen. Plötzlich packte ihn ein dumpfes Vorgefühl.

»Komm lieber ins Haus«, sagte er unruhig.

Er ging voraus, trat ins Wohnzimmer und schaltete das Licht und den elektrischen Radiator an, der im Kamin stand. Dann drehte er sich um und blickte auf Hourigan, der an der Tür wartete. Der Mann sah verstört aus, blickte wild um sich und hatte zerzaustes Haar.

»Was ist?« fragte Frankie kurz.

»Frankie«, stammelte Hourigan, »ich möchte mit Rosalind sprechen.«

»Rosalind ist in der Klinik.«

»Ich weiß, ich weiß«, sagte Hourigan und verwarf die Hände wie ein Greis. »Sie hat geschrieben, daß sie hingeht. Aber zuerst wollte ich dich sehen und dich um Erlaubnis bitten. Ich will es ihr nur erklären, Frankie, weiter nichts.«

Frankie verbarg sein Erstaunen darüber, daß Rosalind dem andern Mann etwas mitgeteilt hatte.

»Ich glaube nicht, daß sie schon in einem Zustand ist, um überhaupt jemand zu sehen«, sagte er ruhig. »Der Junge ist erst vor ein paar Stunden auf die Welt gekommen.«

»Mein Gott!« rief Hourigan, schlug mit der Hand auf den

Tisch und schüttelte den Kopf, als müsse er das Wasser in seinen Augen loswerden. »Das hat noch gefehlt! Bin wieder mal zu spät dran! Mein erstes Kind kommt auf die Welt, und ich bin nicht da! Ich versteh, Frankie, ich versteh«, fuhr er niedergeschmettert fort, »ich versteh, daß es nicht geht. Aber sag's ihr trotzdem! Sag ihr, daß ich keine Ahnung hatte, ehe ich ihren Brief bekam. Ich will auf der Stelle tot umfallen, wenn mir auch nur der leiseste Gedanke gekommen wäre.«

Frankie blickte ihn erstaunt an. Jim Hourigans tiefe Bestürzung war nicht geheuchelt.

»Was für ein Brief war das?« fragte er.

»Der Brief, den sie mir geschickt hat, ehe sie in die Klinik ging«, fuhr Hourigan hastig fort. Er war viel zu niedergeschmettert, um den betroffenen Ton in Frankies Stimme zu hören. »Du wirst doch nicht glauben, daß ich sie so behandelt hätte, wenn es mir bekannt gewesen wäre? Du kannst von mir denken, was du willst, Frankie, aber nicht das, nicht das! Nicht mal einem Mädchen von der Straße würde ich so was antun – und Rosalind habe ich geliebt, Frankie. Ich schwör's dir!« Er begann wieder wild mit den Armen herumzufuchteln, und seine Blicke flogen durch das kleine Wohnzimmer, ohne etwas wahrzunehmen. »Es kommt alles daher, weil's mir vor dem Briefeschreiben graut. Immer hab ich mir gesagt, daß ich vor meiner Antwort drüben sein werde. Das hab ich ihr auch geschrieben, auf einer Postkarte, Frankie, aber dann ist meine Mutter gestorben, und ich war in einer schrecklichen Verfassung – du weißt ja. Das ist natürlich keine Entschuldigung, und ich will mich auch nicht entschuldigen, aber so bin ich eben. Wenn ich eine Ahnung gehabt hätte, wäre ich mit dem ersten Schiff zu ihr gefahren. Das mußt du ihr sagen, Frankie! Sie muß es wissen.«

»Wann hast du den Brief bekommen?«

»Erst gestern, Frankie!« rief Hourigan, der die Bedeutung von Frankies Frage überhaupt nicht ermaß. »Ich schwör's dir, daß ich keine Stunde vertrödelt habe! Bin die ganze

Nacht durchgereist. Ich konnte nicht schlafen, und ich konnte nicht essen. Immer war's der entsetzliche Brief. Er hat mich fast um den Verstand gebracht. Hast du ihn gesehen, Frankie?«

»Nein«, sagte Frankie.

»Hättest du nur! Versteh mich recht, ich mach ihr keinen Vorwurf, aber es ist nicht wahr, es ist nicht wahr!«

Er holte den Brief aus der Tasche und reichte ihn Frankie. Frankie ließ sich in den Sessel fallen und setzte sich die Brille auf. Hourigan beugte sich über die Rückenlehne des Sessels und las den Brief halblaut noch einmal.

»Lieber Jim«, las Frankie leise, »morgen um diese Zeit bin ich in einem Krankenhaus und bekomme ein Kind – deins! Das wird dir wahrscheinlich mehr Genugtuung bereiten als mir und meinem Mann. Sicher bist du enttäuscht, daß ich einen Mann habe, aber in der Welt geht eben nicht alles nach Wunsch.«

»Siehst du, das da meine ich, Frankie!« rief Hourigan verzweifelt und stieß mit dem Zeigefinger auf den Satz. »Das ist ungerecht, und sie weiß, daß es ungerecht ist! Sie weiß, daß ich nicht so gemein bin, einerlei, was ich sonst für Fehler haben mag!«

»Deswegen würde ich mir nicht zu große Sorgen machen«, sagte Frankie und begriff, daß er und Hourigan nicht den gleichen Brief lasen. Ja, es war beinah so, als ob sie nicht an die gleiche Frau dächten. Das hier war eine Frau, die Frankie nie gesehen hatte. Er las weiter.

»Falls das Kind dir nachschlägt, wäre es nicht nur für mich und Frank besser, wenn es nicht am Leben bliebe. Meine einzige Hoffnung ist, daß es etwas von meinem Mann lernt. Falls ein guter Mensch jemals ein Kind für einen schlechten Vater schadlos halten kann, dann hat dein Kind die besten Aussichten. Ich will darauf achten, daß das Kind nie von dir mehr zu wissen bekommt, als es jetzt weiß.« Unterschrieben hatte sie mit ihrem vollen Namen: Rosalind Daly.

Hourigan seufzte.

»Erklär's ihr, Frankie!« bat er verzweifelt. »Ich könnte es nicht.«

»Ich glaube, es wäre besser, wenn du es ihr selbst erklärst«, sagte Frankie, faltete den Brief zusammen und gab ihn zurück.

»Glaubst du, daß sie mich sehen will?« zweifelte Hourigan.

»Ich glaube, es wäre besser«, antwortete Frankie mit tonloser Stimme.

»Nur zehn Minuten, Frankie, das kannst du ihr sagen! Sowie ich's ihr erklärt habe, gehe ich wieder, und ich gebe dir mein Wort, daß keiner von euch mich jemals hier wiedersieht.«

»Morgen früh werde ich mit ihr sprechen«, sagte Frankie. »Am besten rufst du mich morgen nach zwölf im Büro an.«

Hourigan schusselte von dannen, nachdem er die schönsten Segenssprüche auf Frankies Haupt gehäuft hatte. Er war beinah glücklich. Und Frankie verriet nicht, wie ihm zumute war. Wenn Hourigan es gewußt hätte, wäre er vielleicht an jenem Abend abgereist, ohne Rosalind zu sehen. Er war kein schlechter Mensch, der Jim Hourigan, nur nicht gerade feinfühlig, nicht einmal in bezug auf die Mutter seines Kindes.

Aber Rosalind hatte reichlich Gespür für beide. Als Frankie am nächsten Morgen zu ihr kam, war die Nachwirkung der Mittel verflogen, und vom Augenblick an, da er ins Zimmer trat, wußte sie, daß etwas Schwerwiegendes geschehen war. Er war so sanft wie immer, aber er hatte sich in sich selbst zurückgezogen – war wieder der alte Frankie aus den Tagen vor seiner Heirat, verwundeter, aber auf sich selbst gestellt. Sie griff unruhig nach seinen Händen.

»Ist zu Hause etwas passiert, Frankie?«

»Nichts«, erwiderte er verlegen. »Nur ein Besuch kam.«

»Ein Besuch? Wer?«

»Das wirst du wohl wissen«, sagte er sanft.

»Was hat den Kerl hergeführt?« zischte sie.

»Offenbar ein Brief von dir.«

Plötzlich begann sie zu weinen – in ihrer Verkrampftheit bis ins Innerste getroffen.

»Ich hab's dir nicht erzählt, weil ich dich nicht aufregen wollte«, schluchzte sie. »Ich wollte ihm nur klarmachen, wie sehr ich ihn verachte.«

»Das scheint er begriffen zu haben«, erwiderte Frankie trocken. »Jetzt will er dich sehen, um es dir zu erklären.«

»Zum Teufel mit seinen Erklärungen!« rief sie hysterisch. »Ich weiß, was du denkst: daß ich den Brief geschrieben habe, ohne es dir zu sagen, damit er herkommt. Konnte ich denn ahnen, daß er soviel Männlichkeit in sich hat, um das zu tun? Kannst du dir vorstellen, wie mir zumute war, Frankie?«

»Ach, weißt du«, sagte er väterlich, »ich halte es für richtiger, wenn du mit ihm sprichst – dann weißt du genau, wie's dir zumute ist.«

»Lieber Gott«, sagte sie, »ich wollte nichts weiter, als ihn verletzen. Nie im Leben wollte ich dich verletzen, und gerade das habe ich getan!«

»Ich finde, du solltest dich lieber nicht aufregen und dir und dem Kind schaden«, sagte Frankie noch sanfter.

»Muß es mir denn nicht wehtun, wenn ich dich verletze?« fragte sie stürmisch. »Glaubst du etwa, daß ich dir so vergelten wollte, was du für mich getan hast? Also gut, wenn er hier ist, schick ihn her, dann werd ich's ihm sagen. Ich sag's ihm vor dir! Ich sag's euch beiden klipp und klar, was ich will. Genügt dir das?«

»Er kommt heute nachmittag«, sagte Frankie mit fester Stimme. »Sprich ihn lieber allein! Laß ihn das Kind sehen! Und vergiß nicht, daß ich mit allem einverstanden bin, einerlei, was du entscheidest. Ich mag das erstemal selbstsüchtig gehandelt haben. Ich will es nicht noch einmal tun«, schloß er reumütig.

Er lächelte verlegen und unschuldig und noch immer betroffen wegen des Unglücks, das ihn ereilt hatte. Rosalind aber hielt verzweifelt die Hände an die Schläfen. Sie hatte vorher nie geahnt, daß er so verletzlich war, und hatte wohl auch gar nicht gewußt, daß sie ihn verletzen könne.

»Wahrscheinlich glaubst du, du könntest dich von mir scheiden lassen, so daß ich mit dem Tunichtgut nach Irland gehen kann? Lieber geh ich mit dem Kind ins Wasser! Oh, ich werde schon alles in Ordnung bringen. Mein Gott«, stieß sie zwischen den Zähnen hervor, »was für eine dumme Gans bin ich doch!«

Aber als Frankie die Treppe hinunterging, wußte er, daß er sie zum letztenmal als seine Frau gesehen hatte, und wenn sie sich wiedersähen, würde sie nur noch die Mutter von Jim Hourigans Kind sein. Mit einem Anflug von Bitterkeit begriff er, daß es gewisse Formen von Großherzigkeit gibt, die zwischen Männern recht und gut, jedoch im Umgang mit Frauen unangebracht sind – nicht, weil sie dergleichen nicht bewundern könnten, sondern weil es ihnen nicht im Einklang mit ihrer eigenen Lebensaufgabe erscheint. Als er Hourigan wiedersah, wußte er, daß der Umschwung bereits stattgefunden hatte. Obwohl nichts beschlossen worden war, trat Jim Hourigan als fast übereifriger Beschützer von Frankies Interessen und Gefühlen auf. Doch da offenbarte sich Frankies Stärke. Er gab eindeutig zu verstehen, daß seine Interessen nicht berührt würden.

Viele Leute, unter ihnen auch Kate, fanden, daß er sich unvernünftig verhalten habe – daß mit ein wenig mehr Festigkeit seinerseits die Krise nie entstanden wäre – daß Rosalind nicht in dem Zustand gewesen sei, eine Entscheidung zu treffen, die er ihr aufgezwungen hatte – daß sie nur eine sanfte Führung gebraucht hätte, um wie bisher weiterzumachen – ja, daß er ihr von Anfang an viel Kummer hätte ersparen können, wenn er die Begegnung mit Jim Hourigan abgelehnt hätte.

Was den Kummer betrifft, so habe ich nichts gehört, was darauf hindeutet, daß Rosalind mit Jim Hourigan unglücklich sei. Es ist ein schwerer Irrtum, zu glauben, daß dergleichen zum Unglück führen muß. Frankies Verhalten tut das natürlich, aber kommt es nicht daher, weil für Menschen wie ihn das Glück nur eine Nebensache, eine Zutat ist, die sie, wenn weggenommen, nicht ärmer als vorher zurückläßt?

Die lange Straße nach Ummera

Abend für Abend sah man sie die Straße entlangschlurfen, um sich bei Miss O. ihren kleinen Krug Porter zu holen – ein formloses Bündel von einer alten Frau in kariertem Umschlagtuch, das tabakfarben verblaßt war und ihr den Kopf nach unten zog, so daß sie es mit der einen Hand über der Brust in ein paar Falten zusammenraffte; dazu trug sie eine Schürze aus Sacktuch und ein Paar Männerstiefel ohne Schnürbänder. Ihre Augen waren verquollen und zu dicken kleinen Fleischknospen aufgedunsen, und ihr rosiges Gesicht, das wie aus einer Runkelrübe geschnitzt schien, war vor Blindheit ganz runzelig geworden. Das alte Herz ließ sie immer wieder im Stich, und ein paarmal mußte sie sich verschnaufen, den Krug absetzen und die Last des Umschlagtuches von ihrem Kopf streifen. Die Menschen gingen an ihr vorüber, und sie starrte sie demütig an; manche grüßten sie, und sie wandte den Kopf und spähte ihnen minutenlang blinzelnd nach. Der Lebensrhythmus in ihrem Körper hatte sich so verlangsamt, daß man seinen matten, trägen Schlag kaum wahrnehmen konnte. Manchmal kehrte sie sich aus einer wunderlich instinktiven Scheu heraus der Mauer zu, zog eine Schnupftabakdose aus der alten schwarzen Bluse und schüttelte sich eine Prise auf den Rücken ihrer geschwollenen Hand. Wenn sie den Tabak aufschnupfen wollte, verschmierte er ihr die Nase und die Oberlippe und flog über die ganze Bluse. Dann hob sie die Hand bis dicht vor die Augen und musterte sie gründlich und vorwurfsvoll, als sei sie erstaunt, daß sie ihr nicht länger richtig diene. Danach klopfte sie sich sauber, hob den alten Krug wieder auf, kratzte sich durch die Kleider hindurch und schlurfte, immer dicht an der Mauer entlang, laut stöhnend weiter.

Wenn sie bei ihrem eigenen Häuschen angelangt war – einer

Hütte in einer langen Häuserzeile –, dann zog sie die Stiefel aus, und sie und der alte Schuster, der bei ihr zur Miete wohnte, schütteten gemeinsam einen großen Topf Kartoffeln auf den Tisch, schälten sie mit den Fingern und stippten sie in das Häuflein Salz, wobei sie immer abwechselnd einen Schluck aus dem Porterkrug nahmen. Der Alte war ein munterer und philosophisch veranlagter Mann namens Johnny Thornton.

Nach dem Abendbrot saßen sie vor dem Kamin und erzählten sich beim Feuerschein von den alten Zeiten und von längst verstorbenen Nachbarn, von Geistern, Feen, Spuk und Zauberei. Ihr Sohn war immer ganz niedergeschlagen, wenn er mit ihrem Monatsgeld ankam und sie so zusammensitzen sah. Er war ein wohlhabender Geschäftsmann mit einem Kaufladen in der South Main Street und einem kleinen Haus in Sunday's Well, und nichts hätte ihm größere Freude machen können, als wenn seine alte Mutter all die Herrlichkeit mit ihm geteilt hätte: die Teppiche und Porzellansachen und die Uhren, die so schön die Stunde schlugen. Er saß verdrießlich bei ihnen, strich sich über die langen Backenknochen und wunderte sich, weshalb sie dauernd auf altmodische Art über den Tod reden mußten: als ob der Tod etwas Selbstverständliches wäre.

»*Wisha,* was für Gefallen könnt ihr nur an solchen alten Reden finden?« fragte er eines Abends.

»An was für alten Reden, Pat?« wiederholte seine Mutter mit schüchternem Lächeln.

»Meine Güte«, sagte er, »ihr sprecht doch dauernd davon: von Leichen und Gräbern und Leuten, die längst tot und hinüber sind.«

»*Arrah,* warum denn nicht?« erwiderte sie und blickte starr nach unten, während sie versuchte, die Knöpfe an ihrer Bluse zu schließen, die ihre alte Brust sehen ließen. »Es sind ja mehr von uns drüben als hier!«

»Das macht doch keinen Unterschied aus, wenn du sie ohnehin weder kennst noch siehst!« rief er.

»Herrjeh, warum sollt ich sie denn nicht kennen?« rief sie ärgerlich. »Etwa nicht die Twomeys aus Lackaroe und die Driscolls aus Ummera?«

»Wie sicher du bist, daß wir dich nach Ummera bringen!« sagte er neckend.

»Och je, Pat«, fragte sie mit ihrem demütigen, dummen, erstaunten Lächeln, »wohin wollt ihr mich denn sonst schaffen?«

»Ist denn unser Begräbnisplatz nicht gut genug für dich?«, meinte er. »Der für deinen Sohn und deine Enkelkinder?«

»*Musha*, wahrhaftig, wollt ihr mich in der Stadt beerdigen lassen?« Sie schauderte und blinzelte ins Feuer; ihr Gesicht wurde grämlich und aufsässig. »Ich will zurück nach Ummera, wo ich hergekommen bin.«

»Zurück zu Hunger und Elend«, sagte Pat mürrisch.

»Zurück zu deinem Vater, Junge!«

»Ja ja, natürlich, wohin denn sonst!« sagte er verächtlich. »Aber mein Vater und mein Großvater haben nie für dich getan, was ich für dich tun mußte. Wieder und immer wieder hab ich in Cork die Straßen für dich gekehrt, nur damit du ein paar Kupfer hattest.«

»Das stimmt, *amossa*, das stimmt, das stimmt«, gab sie zu, blickte ins Feuer und schauerte zusammen, »du warst mir ein guter Sohn!«

»Und oft«, sagte Pat, sich selbst bemitleidend, »hab ich's getan, wenn mir der Magen vor Hunger bis auf die Erde hing.«

»'s ist wahr«, mümmelte sie, »'s ist wahr, 's ist wahr! Wie oft, wie oft bist du ohne Essen weggegangen! Aber was konntest du denn sonst machen, wo's uns so schlecht ging?«

»Und jetzt ist dir unser Begräbnisplatz nicht gut genug«, klagte er. Sein Ton klang bitter. Er war ein unbedeutender kleiner Mann und voller Eifersucht, daß die Toten solche Macht über sie hatten.

Sie blickte ihn mit dem gleichen unterwürfigen, fast idiotischen Lächeln an, wobei die runzligen alten Augen über den mongolischen Backenknochen sich fast schlossen, während sie mit ihrer geschwollenen alten Hand, die einer Rührkelle glich, so wenig Leben war in ihr, die paar Locken gelblichweißen Haares an ihren Schläfen glattstrich – eine gewohnheitsmäßige Bewegung bei ihr, wenn sie besorgt war.

»*Musha*, laß mich nach Ummera schaffen, Pat«, jammerte sie. »Zurück zu meinen Leuten! Unter Fremden kann ich niemals Ruhe finden! Dann muß ich aus dem Grab aufstehen und umgehen!«

»Ach, Unsinn, Frau!« sagte er mit unwilliger Miene. »Solche Sachen sind längst aus der Mode.«

»Ich bleib aber nicht hier«, schrie sie krächzend in jäher, ohnmächtiger Wut und stand auf und klammerte sich an den Kaminsims als Stütze.

»Du wirst nicht gefragt«, entgegnete er knapp.

»Ich komm bei dir spuken!« flüsterte sie angespannt, hielt sich am Kamin fest und beugte sich mit schauerlichem Grinsen über ihn.

»Das ist alles der gleiche Unfug«, sagte er und nickte, »spuken und Feen und Zauber.«

Sie trat einen Schritt auf ihn zu, drückte die zwei kleinen Locken vergilbten Haares fester an und zuckte mit den halbtoten Augen, die aus dem geschwollenen, verrunzelten Gesicht und den Backen wie rissiges Email ins Kerzenlicht blinzelten.

»Pat«, sagte sie, »am Tag, als wir aus Ummera fort sind, hast du mir versprochen, du willst mich wieder hinbringen. Da warst du bloß ein kleines Bürschchen. Die Nachbarn standen um uns her, und das war mein letztes Wort an sie, als ich die Straße hinunterging: ›Nachbarn, mein Sohn, der Pat, hat mir sein Wort gegeben, und er bringt mich wieder zu euch zurück, wenn meine Stunde gekommen ist.‹ – Das ist so wahr, wie daß der allmächtige Gott heut nacht über mir wacht. Ich hab alles bereit!« Sie ging an das Bord unter der

Treppe und holte zwei Pakete hervor. Sie schien mit sich selbst zu sprechen, als sie sie beim trüben Licht der Kerze mit glotzenden Blicken öffnete und den Kopf tief darüberbeugte. »Hier sind die beiden Messingleuchter und die geweihten Kerzen. Und das da ist mein Leichenhemd, das regelmäßig gelüftet wird.«

»Oh, du bist verrückt, Frau«, rief er ärgerlich. »Vierzig Meilen! Vierzig Meilen, und weit ins Gebirge hinein!«

Sie schlurfte plötzlich auf nackten Füßen auf ihn zu und krallte mit erhobener Hand in die Luft. Ihr Körper war altersblind wie ihr Gesicht. Die heisere, krächzende alte Stimme schwoll zu einem Geschrei an.

»Ich hab dich von dort hergebracht, Junge, und du mußt mich zurückbringen! Wenn's den letzten Shilling kosten würde, den du hast, und wenn du und deine Kinder danach ins Armenhaus müßten – du mußt mich nach Ummera schaffen! Und nicht auf der kurzen Straße! Merk's dir, was ich dir jetzt sage! Auf der langen Straße! Auf der langen Straße nach Ummera, um den See herum, so wie ich dich hergebracht hab! Ich droh dir die schlimmsten Verwünschungen an, wenn du mich auf der kurzen Straße über den Hügel hinschaffst! Und bei der Esche vor dem Heckenweg, von wo du mein kleines Häuschen sehen kannst, da mußt du anhalten lassen und ein Gebet für alle sprechen, die alt darin waren und die auf dem Fußboden gespielt haben! Und dann – Pat! Pat Driscoll! Hörst du? Hörst du mir überhaupt zu?«

Sie schüttelte ihn an der Schulter und spähte ihm in sein langes, unglückliches Gesicht, um zu sehen, wie er es aufnahm.

»Ich hör's ja«, sagte er und zuckte die Achseln.

»Dann« – ihre Stimme sank zum Geflüster herab – »dann mußt du dich vor alle Nachbarn hinstellen und sagen – vergiß ja nicht, was ich dir jetzt einschärfe! ›Nachbarn‹, mußt du sagen, ›das ist Abby, die Tochter von Batty Heige, und sie hat ihr Versprechen gehalten!‹«

Sie sprach die Worte sehr liebevoll und lächelte dabei, und es klang wie ein Vers aus einem alten Lied und wie etwas, das sie sich in den langen Nächten immer wieder vorgesagt hatte. Ganz West-Cork lag darin: die öde Straße nach Ummera quer durchs Hochmoor, die glatten grauen Pelze der Hügel, vom Spinnweb der langen Steinmäuerchen quergerippt, daß die Vogelscheuchenäcker krumm und schief dalagen, und die weißgetünchten Hütten, die windgeschützt zwischen kleinen Fetzen von Stechpalmengestrüpp mit undurchdringlicher Miene hierhin und dorthin blickten.

»Meinetwegen, dann will ich einen Handel mit dir abschließen«, sagte Pat und stand auf. Sie kniff die Augen zusammen und forschte in seinem schwächlichen, schwermütigen Gesicht, gab sich aber den Anschein, nicht hinzuhören. »Dein Haus hier kostet mich viel Geld. Wenn du tust, um was ich dich immer gebeten habe – wenn du zu mir ziehst und bei mir wohnst –, dann verspreche ich dir, dich nach Ummera zu schaffen.«

»Ui je, das tu ich nicht«, rief sie verdrießlich und zuckte hilflos mit den Achseln, ein alter Sack von einer Frau, aus der schon alles Leben entflohen war.

»Gut«, sagte Pat. »Du kannst dir's aussuchen. Es ist mein letztes Wort, mach, was du willst. Wohne bei mir, und du bekommst dein Grab in Ummera, oder bleib hier, und du kommst ins Familiengrab in der Stadt.«

Sie duckte den Kopf zwischen den Schultern und sah ihm nach, wie er aus der Türe ging. Dann zuckte sie zusammen, holte ihre Schnupftabakdose aus der Tasche und nahm eine Prise.

»*Arrah,* ich würd nicht drauf achten, was er sagt«, tröstete Johnny. »So einer kann schon morgen anderer Meinung sein.«

»Vielleicht – aber vielleicht auch nicht«, erwiderte sie niedergedrückt. Dann öffnete sie die Hintertür und ging auf den Hof. Es war eine sternklare Nacht, und sie konnten den Lärm der Stadt tief unten im Tal hören. Sie hob die Augen zum hellen Himmel über der Hofmauer auf und brach plötzlich in ihrer Verlassenheit in hilfloses Gejammer aus.

»Oh, oh, oh«, ächzte sie, »so weit weg ist Ummera heut nacht von mir, viel weiter noch als sonst, und ich soll hier sterben und begraben werden, weit weg von allen, die ich kenne, und zwischen ihnen und mir ist die lange, lange Straße.«

Der alte Johnny hätte sich natürlich sehr gut denken können, was sie eines Abends im Sinn hatte, als sie zum Kreuz hinunterschlich, immer am Geländer entlang. An der kahlen Mauer, gegenüber von der hell beleuchteten Kneipe, stand der Kutscher Dan Regan in seinem steifen Filzhut und dem schwarzen Ölhautmantel neben seinem alten Klapperkasten von Droschke und hatte die Pfeife im Mund. Er war der Kutscher, zu dem all die alten Nachbarn gingen. Abby winkte ihm, und er folgte ihr in den Schatten eines von Efeu überwucherten Torwegs. Er hörte sich mit ernster Miene an, was sie ihm zu sagen hatte, schnupfte auf und nickte, wischte sich die Nase am Jackenärmel oder machte ein paar Schritte über den Bürgersteig, um sich die Nase zu schneuzen und in die Gosse zu spucken, während sein Gesicht mit dem nach unten hängenden Schnauz den verständnisinnigen und kummervollen Ausdruck nicht aufgab.

Johnny hätte wissen müssen, was das zu bedeuten hatte und weshalb die alte Abby, die immer so freigebig war, jetzt lieber vor einem leeren Kaminrost saß, ehe sie ein Feuer anzündete, und weshalb sie ihm am Freitag wegen der Miete in den Ohren lag, einerlei, ob er sie hatte oder nicht; und sogar den kleinen Krug Porter mißgönnte sie ihm, der doch immer von beiden gemeinsam kam. Er wußte nur, daß es eine Veränderung in ihrem Wesen war, wie sie vor dem Tode kommen mag, und er wußte auch, daß alles in die Geldtasche in ihrer Bluse wanderte, und nachts in der Dachkammer zählte sie das Geld beim Licht ihrer Kerze, und wenn ihr die Münzen aus den abgestorbenen Fingern glitten, hörte er sie wie eine alte Kuh brüllen, während sie über die kahlen Dielen kroch und das Geld aufs Geratewohl mit der Hand zusammenscharrte. Dann hörte er, wie das Bett knarrte, wenn sie sich herumwälzte und den Rosenkranz vom Kopfende nahm, und wie die alte Stimme beim Beten lauter und leiser sprach. Und manchmal, wenn ein starker Wind den Fluß heraufwehte und ihn vor Tagesanbruch weckte, konnte er sie vor sich hin murren und danach gähnen hören: ein Streichholz wurde angezündet, und sie blinzelte spähend auf die Weckeruhr – die endlosen Nächte hohen Alters – und wieder das Gemurmel beim Beten.

Aber in gewisser Hinsicht war Johnny sehr dumm, und er argwöhnte gar nichts, bis sie ihn eines Nachts rief. Als er an den Fuß der Treppe trat, in der Hand eine Kerze, sah er sie oben in ihrem Mehlsack-Nachthemd stehen: mit der einen Hand klammerte sie sich an den Türpfosten, während sie mit der andern wild durch die paar kümmerlichen Haarsträhnen fuhr.

»Johnny«, kreischte sie zu ihm hinunter und war vor Aufregung ganz außer sich, »er war hier!«

»Wer war da?« murmelte er verschlafen und ärgerlich.

»Michael Driscoll, Pats Vater!«

»Ach, du hast geträumt, Alte«, sagte er erbost. »Geh wieder ins Bett, um Gottes und aller Heiligen willen!«

»Ich hab nicht geträumt«, rief sie. »Ich hab hellwach dagelegen und meinen Rosenkranz gebetet, und da kam er zur Tür herein und hat mir gewinkt. Geh zu Dan Regan, Johnny, tu's!«

»Ich denke nicht daran, zu Dan Regan zu gehen«, schalt Johnny. »Weißt du überhaupt, daß es noch Nacht ist?«

»Es ist Morgen!«

»Vier Uhr ist es!« brüllte er. »Da kann ich doch nicht hingehen . . . Oder ist dir nicht gut?« fuhr er etwas sanfter fort, während er die Treppe hinaufstieg. »Soll er dich ins Krankenhaus bringen?«

»Huh, ich will in kein Krankenhaus«, entgegnete sie verdrießlich, wandte ihm den Rücken und stapfte wieder in ihre Kammer. Sie öffnete die alte Kommode und begann nach ihren besten Sachen, der Haube und dem großen Cape, zu suchen.

»Was, zum Kuckuck, brauchst du dann den Kutscher?« rief er empört.

»Was geht dich das an, wofür ich ihn haben will?« fragte sie mit greisenhaftem Mißtrauen. »Ich habe eine Reise vor, und wohin, das geht dich nichts an.«

»Ach, du alte Närrin, du hast den Verstand nicht mehr beisammen!« sagte er. »'s weht ein verteufelter Wind den Fluß herauf, und das Haus knarrt nur so, das mußt du gehört haben. Beruhige dich und geh zu Bett!«

»Ich hab den Verstand noch sehr gut beisammen«, brüllte sie. »Ich danke dem Allmächtigen, daß ich noch ebenso klar im Kopf bin wie du. Ich hab mir alles genau überlegt. Ich reise jetzt wieder dahin zurück, wo ich hergekommen bin. Zurück nach Ummera.«

»Wohin?« fragte Johnny verdutzt.

»Zurück nach Ummera!«

»Du bist verrückter, als ich gedacht hab: bildest du dir ein, daß dich Dan Regan hinfährt?«

»Allerdings fährt er mich hin«, sagte sie und hielt zitternd einen alten Wollrock ans Licht. »Er ist bestellt und kommt zu jeder Tages- oder Nachtstunde.«

»Dann ist Dan Regan noch verrückter als du«, rief er wütend.

»Laß mich jetzt in Ruhe«, murrte sie eigensinnig und blinzelte frierend ins Licht. »Ich fahr zurück nach Ummera, und deshalb ist heut nacht mein alter Kamerad zu mir gekommen. Tag und Nacht hab ich meinen Rosenkranz vorgehabt und zum Allmächtigen und Seiner himmlischen Mutter gebetet, mich nicht unter Fremden sterben zu lassen. Und jetzt bring ich meine alten Knochen nach Ummera und laß sie dort oben auf den hohen Bergen.«

Johnny ließ sich leicht beschwichtigen. Er versprach sich einen schönen Ausflug davon – und eine Geschichte, der die ganze Kneipe lauschen würde; daher brühte er ihr Tee auf und ging dann zu Dan Regans kleiner Hütte hinunter. Noch ehe der Rauch aus den Schornsteinen am Straßenrand aufstieg, waren sie fort. Johnny konnte vor Aufregung gar nicht stille sitzen, lehnte sich aus dem Wagen, rief Dan etwas zu und freute sich über große Besitzungen, die er seit Jahren nicht mehr gesehen hatte. Als sie weit außerhalb der Stadt waren, kehrten er und Dan in einer Kneipe ein, um etwas zu trinken. Während sie dort waren, nickte die alte Frau ein. Dan Regan weckte sie und fragte, ob sie nicht auch einen Schluck haben wollte, aber zuerst wußte sie gar nicht, wer er war, und dann fragte sie, wo sie seien, und spähte zur Kneipe und zu dem alten Hund hinüber, der sich vor der Tür in der Sonne wärmte. Doch als sie das nächste Mal hielten, war sie schon wieder eingeschlafen, und der Unterkiefer hing ihr herunter, und ihr Atem kam in lauten Stößen hervor. Dans Gesicht umwölkte sich.

»Das schadet nichts«, sagte Johnny hastig. »Sie ist bloß müde.«

»Ich weiß nicht recht«, meinte Dan. Er blickte sie scharf an und spuckte aus. Dann ging er ein bißchen auf und ab, zündete sich die Pfeife an und klappte den Deckel zu. »Johnny«, sagte er ernst, »ihre Miene gefällt mir ganz und gar nicht. Ich hab einen Fehler gemacht. Jetzt seh ich's ein. Ich hab einen Fehler gemacht.«

Von nun an hielt er alle paar Meilen, um nachzuschauen, wie es ihr ginge, und Johnny, der sich bereits um seinen Ausflug gebracht sah, schüttelte sie und schrie sie an. Dans Gesicht wurde immer ernster. Er wanderte finster auf und ab, schneuzte sich und spuckte in den Straßengraben. »Gott steh mir bei«, sagte er feierlich. »'s wär nicht gut für mich! Ihr Sohn hat viel Einfluß. Er kann mich erledigen! Man soll sich eben nie in Familiensachen einmischen. Blut ist dicker als Wasser. Aber die Regans sind immer Pechvögel gewesen!«

Als sie die erste Stadt erreichten, fuhr er sofort zum Polizeirevier und erzählte ihnen die ganze Geschichte.

»Sie können dem Richter sagen, daß ich zu jeder Hilfe bereit war«, erklärte er verständig und vollkommen zerknirscht. »Ich habe immer das Gesetz respektiert. Ich will nichts zurückbehalten – ein Pfund war der vereinbarte Preis. Wenn sie stirbt, ist es vermutlich fahrlässige Tötung? Mit Politik habe ich mich nie, weder im geheimen noch aktiv, befaßt. Sergeant Daly beim Kreuz in Cork kennt mich gut.«

Und daher lag Abby, als sie wieder zu sich kam, in einem Bett im Krankenhaus. Sie begann nach ihrer Geldtasche und den Paketen zu suchen, und ihr Gekreische brachte bald eine Schar unglücklicher alter Frauen an ihr Bett.

»Pst, pst, pst«, sagten sie. »Sie sind alle gut verwahrt! Sie bekommen sie wieder!«

»Ich will sie jetzt haben!« schrie sie und zappelte, um aus dem Bett zu klettern, aber sie hielten sie fest. »Laßt mich los, ihr Räubergesindel! Ihr verruchten Nachtwandler, laßt mich gehen! Oh, Hilfe, Mord! Sie wollen mich umbringen!«

Endlich kam ein alter Priester aus der Stadt, der Irisch redete und sie trösten konnte. Als er ging, lag sie friedlich da und betete ihren Rosenkranz, denn sie war beruhigt: er hatte ihr fest versprochen, darauf zu achten, daß sie in Ummera begraben würde, einerlei, was ihr Sohn wollte. Als die Dunkelheit anbrach, fiel ihr der Rosenkranz aus der Hand, und sie fing an, auf Irisch vor sich hinzumurren. Die zerlumpten alten Weiber, die ums Feuer saßen, tuschelten und stöhnten vor Mitgefühl. Von einer Kirche in der Nähe erklang das Angelus. Abbys Stimme schlug plötzlich in Geschrei um, und sie versuchte, sich im Bett auf den Ellbogen aufzurichten.

»Oh, Michael Driscoll, mein Freund, mein guter Kamerad, hast mich nicht vergessen nach all den langen Jahren! Ich bin solange nicht bei dir gewesen, aber endlich komme ich! Sie wollten mich nicht zu dir lassen, sie wollten mich bei den Fremden in der Stadt behalten, aber was sollt ich denn da ohne dich und all die alten Freunde? Bleib hier bei mir, mein Schatz! Bleib und zeig mir den Weg! ... Nachbarinnen«, schrie sie und zeigte mit dem Finger, »der da hinten ist mein Mann, Michael Driscoll! Paßt auf, daß er mich nicht verläßt, sonst muß ich den Weg allein suchen. Kommt näher heran mit euern Laternen, Nachbarinnen, damit ich sehe, wer da ist. Ich kenn euch alle – nur meine Augen sind schwach geworden. Sei ruhig, mein Stern, mein liebster, bester Kamerad. Ich komme. Nach all den vielen Jahren bin ich endlich unterwegs zu dir ... auf der langen Straße ...«

Es war ein Frühlingstag voller Sonne und wandernder Wolken, als sie über die lange Straße nach Ummera fuhr, den gleichen Weg, den sie vor vierzig Jahren gekommen war. Der See glich einem Strahlentanz von lauter Mücken; die Sonnenspeichen, die wie ein großes Mühlrad kreisten, träuften ihre Kaskaden milchigen Sonnenlichts über die Berge und auf die weißgetünchten Hütten und die kleinen schwarzen Bergrinder zwischen den Vogelscheuchenfeldern. Der Leichenwagen hielt am Anfang des Pfades, der zu einer Hütte ohne Dach führte, genau, wie sie es sich in den langen Nächten ausgemalt hatte, und Pat, der schwermütiger denn je aussah, wandte sich an die wartenden Nachbarn und sagte:

»Nachbarn, das ist Abby, die Tochter von Batty Heige, und sie hat ihr Versprechen gehalten!«

Der Idealist

Lesen? Das war noch nie mein Fall. Es ist auch nie etwas Gutes dabei herausgekommen – im Gegenteil: Ich bin dadurch nur immer in Unannehmlichkeiten geraten.

Abenteuererzählungen sind ja ganz nett; aber als Kind war ich sehr ernst und zog der Romantik das Realistische vor. Schulgeschichten – *die* mochten angehen! Das Dumme war nur, daß sie mir ein bißchen unglaubwürdig vorkamen. Es drehte sich nämlich immer um englische Schulen, und die waren scheinbar ganz anders als hier in Irland. Immer hieß die Schule ›das ehrwürdige Gebäude‹, und in den meisten gab es ein Gespenst. Sie lagen an schönen Plätzen und bestanden aus lauter Glockentürmen, Zinnen und Turmspitzen – so ähnlich wie bei uns die Irrenanstalt. Die Jungen, die in den verschiedenen Stockwerken wohnten, waren alle phantastisch gut im Klettern: nachts entwischten sie immer an zusammengeknoteten Bettlaken. Und angezogen waren sie höchst merkwürdig: sie trugen lange Hosen, kurze, schwarze Jacken und Zylinderhüte. Wenn sie irgendwas angestellt hatten, bekamen sie Striche. Wenn es etwas sehr Schlimmes war, gab's was mit dem Stock – und keiner ließ sich anmerken, daß es weh tat – bloß die schlechten Schüler, und die heulten gleich, als ob sie am Spieße steckten.

Meistens waren es großartige Kerls, die stets zusammenhielten und glänzend Fußball spielten. Lügen taten sie nie – und wer's tat, mit dem sprach keiner mehr. Wenn sie geschnappt wurden, sagten sie immer die Wahrheit; nur wenn jemand anders mitbeteiligt war, konnte nichts sie bewegen, mit der Wahrheit herauszurücken, selbst wenn der andere gestohlen hatte – was übrigens oft vorkam. Und das war doch wieder in so feinen Schulen, wo die Papas nie unter fünf Pfund Taschengeld gaben, recht erstaunlich.

Ich spielte fleißig Fußball und Cricket, obgleich wir natürlich keinen richtigen Fußball hatten. Überhaupt war es widerlich, wie es in unsrer Schule zuging. Unser ›ehrwürdiges Gebäude‹ war ein roter Backsteinkasten; Türme, an denen man hätte hinaufklettern können, gab's nicht, und erst recht kein Gespenst. Taschengeld bekamen wir nie mehr als zehn oder zwanzig Cents die Woche. Und keiner dachte dran, uns Striche zu geben: ›Mörder Moloney‹, der uns unterrichtete, hob uns entweder an den Ohren hoch, oder er verprügelte uns mit dem Stock.

Aber das war schließlich bloß äußerlich. Was wirklich schlimm war in unserer Schule, das waren die Schüler selbst. Diese Burschen schmeichelten sich bei den Lehrern ein und erzählten ihnen alles weiter. Wurden sie bei etwas erwischt, versuchten sie, die Schuld auf die andern zu schieben. Bekamen sie Prügel, dann heulten sie und sagten, es sei ungerecht, zogen die Hand weg, als ob sie Angst hätten, so daß der Stock nur gerade eben die Finger traf – und dann schrien und tanzten sie auf einem Bein herum und hofften, daß der Hieb für voll gerechnet würde. Zu guter Letzt brüllten sie, ihr Handgelenk sei gebrochen, schlichen auf den Platz zurück und wimmerten und klemmten die Hand in die Achselhöhle. Mußte man sich da nicht schämen, wenn man sich vorstellte, was die Jungen in einer anständigen Schule zu solchem Benehmen sagen würden?

Mein Schulweg ging am Kasernentor vorbei. Damals war es der Wache ganz einerlei, ob man in die Wachtstube hineinschaute – und darum kam ich meistens zu spät in die Schule. Wenn man zu spät kam, konnte man nur mit einer einzigen Entschuldigung durchwischen: wenn man nämlich sagte, man wäre in der Frühmesse gewesen. ›Mörder Moloney‹ konnte es nicht nachkontrollieren, und wenn er einen strafte und man war doch dort gewesen, konnte man ihn fein beim Pfarrer anschwärzen.

Aber eines Morgens, als ›Mörder Moloney‹ mich fragte:

»Warum kommst du zu spät, Regan?« brachte ich die übliche Antwort nicht heraus. Mir fielen auf einmal die ›Mahnenden Stimmen‹ ein, die mir von jeher großen Eindruck gemacht hatten.

»Ich wurde vor der Kaserne aufgehalten«, erwiderte ich. Die Klasse kicherte leise, und Moloney hob seine hellen Augenbrauen und tat leicht überrascht.

»Oh, so!« sagte er äußerst höflich. »Und was hat dich dort aufgehalten?«

»Ich hab den Soldaten beim Exerzieren zugeschaut!« sagte ich.

»Ach!« rief er, und die Klasse kicherte wieder. »Ich wußte gar nicht, daß du so soldatisch veranlagt bist. Streck mal die Hand aus!«

Verglichen mit dem Gelächter, waren die Schläge gar nichts, und ich zuckte kein bißchen. Ich ging ruhig an mein Pult zurück, rieb mir auch nicht die Hände, und ›Mörder Moloney‹ sah mir nach und hob wieder die Augenbrauen, als wollte er sagen: das ist wohl das Neueste?

Aber die andern starrten mich mit offenem Munde an und tuschelten, als ob ich ein wildes Tier wäre. In der Pause drängten sie sich alle aufgeregt um mich:

»Regan, warum hast du ihm das mit der Kaserne gesagt?«

»Weil's die Wahrheit ist!« erwiderte ich mit fester Stimme. »Ich wollte nicht lügen!«

»Wieso lügen?«

»Daß ich in der Messe gewesen wäre!«

»Konntest du denn nicht sagen, du hättest was besorgen müssen?«

»Das wäre ja auch gelogen gewesen!«

»Blödsinn, Regan!« schrien sie. »Paß bloß auf! Der ›Mörder‹ hat 'ne Stinkwut. Der wird dich noch erledigen!«

Das wußte ich auch – das wußt ich ganz genau. Der Mann war natürlich in seiner Berufsehre gekränkt, und darum paßte ich gut auf. Aber nicht gut genug. Am folgenden Nachmittag merkte ich, daß ich seine Hinterlist unterschätzt hatte. Ich hätte schwören können, daß er die Stirne runzelte, weil ihm etwas in seinem Buch seltsam vorkam. Sogar als er sprach, hob er kaum die Augen, und erst recht nicht die Stimme:

»Regan, hast du gesprochen?«

»Ja«, sagte ich ganz verdutzt. Diesmal lachte die Klasse ganz offen heraus. Sie konnten sich's einfach nicht vorstellen, daß ich durchaus nicht frech sein wollte, und deshalb machte ihn das Lachen fuchsteufelswild. Wenn man tagein, tagaus belogen wird, so ist das wie mit 'ner Art Nebenverdienst: man wird wütend, wenn er einem entgeht.

»Oh«, sagte er und warf den Kopf zurück, »dem wollen wir bald einen Riegel vorschieben!«

Diesmal war die Sache ernsthaft, denn er strengte sich kolossal an. Ich mich auch. Als ich's hinter mir hatte, ohne eine Miene zu verziehen, spendeten die ›Mahnenden Stimmen‹ Beifall.

Nach der Schule kamen mir ein paar Jungen nachgerannt. »Hoho«, schrien sie, »der hat sich aufgespielt!«

»Gar nicht!«

»Doch, alter Aufspieler! Immer willst du dich aufspielen! Verstellst dich, als ob's nicht weh getan hätte – so 'ne elende Heulsuse wie du!«

»Hab mich gar nicht verstellt!« rief ich und widerstand krampfhaft der Versuchung, meine brennenden Hände zu reiben. »Richtige Jungen heulen eben nicht wegen jedem kleinen Dreck!«

»Haha, Billy!« johlten sie hinter mir drein. »Du alter Idiot!«

Als ich die Gasse hinunterging und mich noch immer anstrengte, mit keiner Wimper zu zucken (wie's in den Schulgeschichten heißt), hörte ich sie höhnisch schreien: »Idioten-Billy! Idioten-Billy!«

Es dämmerte mir, daß ich mich in der Schule mächtig in

acht nehmen mußte, wenn ich weiterhin auf die ›Mahnenden Stimmen‹ hören wollte.

Eines Tages passierte dann etwas geradezu Greuliches. Ich kam vom Hof und sah, wie Gorman im Vorraum von unserem Schulzimmer etwas aus einem Mantel nahm, der dort am Kleiderhaken hing. Gorman war ein Junge aus unsrer Klasse, den ich nicht leiden konnte und vor dem ich Angst hatte – ein hübscher, launischer Kerl, der immer höhnisch grinste. Weil ich gerade in meine Träume versunken war, achtete ich nicht weiter auf ihn.

»Wen starrst du denn so an?« fragte er drohend.

»Ich? Keinen Menschen!« antwortete ich entrüstet und erwachte aus meiner Traumwelt.

»Ich hab bloß den Bleistift aus meinem Mantel geholt«, fuhr er fort und ballte dabei die Fäuste.

»Hab ich etwa das Gegenteil behauptet?« fragte ich und fand es merkwürdig, darüber in Streit zu geraten.

»Möcht ich dir auch nicht empfohlen haben«, sagte er. »Kümmere dich um deinen eigenen Kram!«

»Und du dich um deinen!« sagte ich – um nicht alles auf mir sitzen zu lassen. »Ich hab ja gar nichts gesagt!«

Und damit, dachte ich, sei der Fall erledigt. Aber nach der Pause stand der ›Mörder‹, der außergewöhnlich streng aussah, mit einem Bleistift in der Hand vor der Klasse.

»Jeder, der heute früh ausgetreten ist – aufstehen! Verstanden? Jeder!«

Natürlich stand ich auf, und auch noch ein paar andere, darunter Gorman.

»Hast du heute früh etwas aus einem Mantel in der Garderobe genommen?« fragte der ›Mörder‹, legte Gorman seine schwere, behaarte Tatze auf die Schulter und starrte ihm in die Augen.

»Ich?« fragte Gorman unschuldig. »Nein, ich nicht!«

»Hast du jemanden gesehen, der's tat?«

»Nein!«

»Und du?« fragte er einen anderen Jungen. Schon ehe er mich fragte, begriff ich, warum Gorman gelogen hatte, und wußte, in was für einer elenden Klemme ich war.

»Du da?« fragte er mich.

»Ich habe nichts weggenommen«, sagte ich leise.

»Hast du gesehen, daß jemand etwas wegnahm?« fragte er, hob die Augenbrauen und zeigte ganz offen, daß ihm mein Ausweichen aufgefallen war. Ich konnte vor Angst keine Silbe stammeln.

»Kannst du die Zähne nicht auseinanderbringen?« schrie er plötzlich, und die ganze Klasse sah aufgeregt zu mir hin.

Als sei er mit mir fertig, fragte er den nächsten: »Und du?«

»Nein!«

»Zurück auf die Plätze, alle bis auf Regan! Regan, du bleibst hier.«

Er wartete, bis jeder saß, dann sprach er weiter:

»Leere deine Taschen aus!«

Ich tat's, und ein halb unterdrücktes Gekicher erhob sich, das er aber mit giftigen Blicken zum Schweigen brachte. Sogar für einen Schuljungen hatte ich das reinste Museum in der Tasche. Bei mindestens der Hälfte aller Dinge, die ich zu Tage förderte, konnte ich mir selbst nicht erklären, wozu sie nützen sollten: antike Stücke und prähistorische Funde! Auch eine Schulgeschichte war dabei, die ich am Abend vorher von einem Jungen geborgt hatte. Der ›Mörder‹ legte den Bleistift weg, nahm das Buch, hielt es auf Armeslänge von sich ab und schüttelte es, als er die abgerissenen Ecken sah, mit dem Ausdruck zunehmenden Ekels.

»Ah!« rief er. »So verbringst du deine Zeit, ja? Was machst du denn damit? Frißt du's?«

»'s ist nicht meins«, verteidigte ich mich, weil die andern wieder zu lachen anfingen. »Ich hab's geliehen.«

»Das Geld hast du wohl auch geliehen?« fragte er blitzschnell.

»Das Geld?« fragte ich verwirrt. »Was für Geld?«

»Jemand hat heut früh aus Flanagans Mantel einen Shilling gestohlen«, sagte er. (Flanagan war ein kleiner Buckliger, der zu Hause verhätschelt wurde.)

»Aber ich hab's nicht getan!« rief ich und fing an zu weinen. »Und Sie haben kein Recht, so was von mir zu sagen!«

»Ich hab sogar das Recht, dich das frechste und trotzigste Bürschchen der Klasse zu nennen«, schrie er mit vor Wut ganz heiserer Stimme, »und das ist nicht übertrieben; was kann man auch erwarten von einem, der solch gemeinen, elenden Schund liest?« Er nahm die Schulgeschichte, zerriß sie und warf sie weg.

»Jetzt – Hände her!«

Diesmal ließen mich die ›Mahnenden Stimmen‹ im Stich. Der ›Mörder‹ war ganz wild geworden, wie's eben Leuten geht, die nicht wissen, woran sie eigentlich sind. Auch die andern waren entrüstet über ihn. Nachher in der Pause sagten sie: »Dafür kannst du ihm die Polizei auf den Hals hetzen. Er hat den Stock bis über die Schultern gehoben. Dafür kann er ins Gefängnis kommen!«

»Warum hast du denn nicht gesagt, daß du niemand gesehen hast?« fragte einer.

»Wenn ich's doch habe!« sagte ich und fing wieder von vorne an mit Weinen wegen all der erlittenen Ungerechtigkeit. »Hab ja Gorman gesehen!«

»Gorman?« echoten sie. »Hat Gorman Flanagans Geld genommen? Warum hast du's denn nicht gesagt?«

»Weil's nicht recht gewesen wäre!«

»Wieso nicht recht?« fragten sie und sperrten Mund und Nase auf.

»Weil Gorman selbst die Wahrheit hätte sagen müssen, und wenn das hier eine anständige Schule wäre, würde keiner mehr mit ihm sprechen, nie mehr!«

»Aber wieso soll Gorman sagen, daß er das Geld genommen hat?« forschte einer, wie man ein Kind fragt. »Mensch, Regan, du wirst ja immer idiotischer!«

Jetzt aber tauchte Gorman selber auf. »Regan«, schrie er drohend, »hast du etwa gesagt, ich hätte Flanagans Geld gestohlen?«

Gorman wußte genausowenig wie Moloney, woran er eigentlich mit mir war (obgleich ich das natürlich nicht ahnte). Er dachte, ich hätte wegen seiner Drohung geschwiegen, und jetzt sei's höchste Zeit, sie zu wiederholen.

Ich weinte und sah sein brutales Gesicht und schlug mit aller Kraft zu. Er schrie auf und fuhr mit der Hand über den Mund und war ganz voll Blut. Dann riß er den Schulranzen ab und wollte sich auf mich stürzen. Aber da ging hinter uns die Türe auf, und ein Lehrer erschien. Wir rannten alle wie verrückt und hatten die Rauferei bald vergessen.

Am folgenden Tag nach dem Beten sah mich der ›Mörder‹ finster an, und da wußte ich, daß ich die Sache mit Flanagans Shilling noch nicht überstanden hatte.

»Regan, hast du dich gestern nach der Schule im Hof gerauft?« fragte er.

»Ja«, sagte ich, und heute kicherten sie nicht mal: für sie stand es fest, daß ich mich unbedingt zugrunde richten wollte.

»Mit wem hast du gerauft?«

»Ich möcht's nicht sagen«, erwiderte ich und spürte, wie mich der Koller wieder überkam.

»Mit wem hat er gerauft?« fragte er so obenhin und schaute zur Decke auf.

»Mit Gorman!« riefen drei oder vier Stimmen – als ob das gar nichts wäre.

»Hat Gorman zuerst geschlagen?«

»Nein, er!«

»Tritt vor!« sagte er und ergriff den Stock. »Und jetzt«, sagte er und ging auf Gorman zu, »jetzt nimm du den Stock und schlage ihn! Aber tüchtig! Er bildet sich ja ein, er wäre Soldat. Zeig's ihm!«

Gorman kam auf mich zu, den Stock in der Hand, und grinste von einem Ohr zum andern. Die ganze Klasse fing an zu wiehern, und selbst der ›Mörder‹ gestattete sich ein bescheidenes, selbstgefälliges Grinsen.

»Streck die Hand aus!« sagte er.

Aber ich tat's nicht. Ich kam mir wie verraten und verkauft vor und wurde wild.

»Streck die Hand aus, du elender kleiner Dieb!« brüllte der ›Mörder‹ und wurde böse.

»Ich tu's nicht!« schrie ich und verlor alle Selbstbeherrschung.

»Was?« rief er und rannte mir mit erhobener Hand durch die ganze Klasse nach. »Was? Du willst nicht?«

»Nein«, schrie ich. »Sie haben kein Recht, ihm den Stock zu geben. Und Sie haben auch kein Recht, mich Dieb zu nennen. Wenn Sie's noch mal tun, geh ich zur Polizei, und dann werden wir sehen, wer der Dieb ist!«

»Du hast mir die Antwort verweigert«, schrie er – und wenn ich bei klarem Verstand gewesen wäre, hätte ich gemerkt, wie's ihm zumute war: er wußte, daß er zu weit gegangen war, und hatte Angst, ich könnte zum Direktor laufen.

»Ja, und ich antworte auch jetzt nicht! Ich bin kein Spion!«

»Oh, so etwas nennst du Spion?« sagte er höhnisch.

»Ja, Spione – das sind sie alle hier – dreckige Spione. Aber ich bin *nicht* Ihr Spion. Sie können selber Spion spielen.«

»Also Schluß jetzt, Schluß!« rief er und hob seine fette Tatze fast flehentlich hoch. »Ist ja nicht nötig, die Beherrschung zu verlieren! Und 's ist auch nicht nötig, so zu kreischen! Geh auf deinen Platz, wir können uns nachher darüber unterhalten.«

Weder ich noch einer von den andern konnte an dem Tage viel arbeiten. Die ganze Klasse hatte den Koller. Bei mir war's abwechselnd Triumph, weil ich ihm so getrotzt hatte, und Angst, wenn ich an die Folgen dachte – und jedesmal stützte ich den Kopf wieder in die Hände und fing von neuem an zu heulen. Der ›Mörder‹ sagte nicht mal, daß ich aufhören solle – der arme, bedauernswerte Tropf! Wenn ich an ihn denke, kann er mir bloß leid tun.

Am andern Morgen war ich in solchem Zustand, daß ich kaum wußte, wie ich mich in die Schule wagen sollte. Die Stille in der Schulstraße und auf dem Hof jagte mir noch mehr Furcht ein: ich kam also wieder zu spät!

»Warum kommst du zu spät, Regan?« fragte der ›Mörder‹ mit durchdringendem Blick.

»Ich war in der Frühmesse«, sagte ich.

»O gut«, sagte er, obgleich er ein bißchen überrascht schien.

Ich hatte eben den Vorteil unsres Systems nicht begriffen. Inzwischen hatten ihm ein halbes Dutzend Jungens den wahren Sachverhalt erzählt, und wenn er sich nicht wie ein Ungeheuer vorkam, dann jedenfalls wie ein Dummkopf – und das ist schlimmer. Aber da war mir schon alles gleich: ich hatte im Schulranzen eine Geschichte, die ich mir am Abend vorher gekauft hatte. Es war aber keine Schulgeschichte. Schulgeschichten waren albernes Geschwafel. ›Päng! Päng!‹ *So* mußte man mit Lehrern wie Moloney umgehen! Tote Lehrer sind die besten Lehrer! ›Päng!‹

Jumbos Frau

I

Als er gefrühstückt hatte – schweigsam wie immer nach einer Saufrunde –, drückte er auf die Türklinke und ging ohne ein Wort hinaus. Sie hörte, wie seine Stiefel durch die gepflasterte Gasse trampelten, und drohte wütend mit der Faust; dann legte sie den alten roten Flanellrock und das schwarze Umschlagtuch ab, die sie angezogen hatte, und kroch wieder in die Bettkuhle. Aber nicht, um zu schlafen. Ihre Gedanken schweiften zurück zur Schmach des vergangenen Abends. Sie befühlte die Lippe, die sein Hieb wundgeschlagen hatte, und dachte daran, wie sie hilferufend in die Gasse geflüchtet war, wo Pa Kenefick, der Bruder des ermordeten Burschen, sie fand und zurückbrachte. Das hatte Jumbo etwas ernüchtert. Seit Michael, der ältere der beiden Brüder Kenefick, von der Polizei geschnappt und umgebracht worden war, blickten die Leute zu Pa wie zu einem Priester oder Heiligen auf, nur noch leidenschaftlicher, noch ergebener. Sie mußte daran denken, wie sogar Jumbo, der große, aufgedunsene, unverschämte Jumbo, sich ins Dunkel verkrochen hatte, als er das kleine Bürschchen Pa Kenefick eintreten sah. »Bleib mir vom Leibe!« hatte er gesagt, aber nicht drohend. »Eine Schande«, hatte Pa erwidert, »daß ein betrunkener Klotz von einem Mann seine brave arme Frau so verprügelt!« Und Jumbo hatte nichts gesagt, nur: »Laß sie jetzt, Junge, und geh! Ich beruhige mich ja schon.«

»Höchste Zeit«, hatte Pa erwidert, »sonst bekommst du's mit mir zu tun, du dicker Elefant!« und hatte die Scherben beiseite gestoßen, denn Jumbo in seiner rasenden Trunkenheit hatte ihr Geschirr Stück für Stück an die Wand gepfeffert. »Ich versprech's, ich rühr sie nicht an«, hatte Jumbo gesagt.

Und wirklich, als Pa sie verlassen hatte, war Jumbo ruhig gewesen.

Es waren aber nicht so sehr die Schläge, die sie bekommen hatte, oder der Kummer, als sie ihr bißchen Geschirr in Scherben sah, sondern vielmehr der Anblick des Bruders von dem ermordeten Burschen; denn das führte ihr so richtig vor Augen, wie sehr sie gedemütigt worden war. Sie hatte schon oft vorgehabt, ihm davonzulaufen oder – in einer wilden Aufwallung – ihm etwas anzutun, doch noch nie hatte sie so deutlich erkannt, wie sehr er ihr Leben zerstört hatte. Pas Anblick hatte ihr zu Bewußtsein gebracht, daß sie keine Schlampe, sondern eine rechtschaffene Frau war. Er hatte gesagt, »brave arme Frau«, jawohl, und das stimmte und war die reine Wahrheit: sie war eine brave arme Frau. Alle Leute wußten's ja, wie oft sie ihr Heim wieder zusammengeflickt hatte, nachdem es von ihrem schändlichen Mann kurz und klein geschlagen war, von diesem Jumbo, der sich unter einem falschen Namen beim Militär gemeldet hatte, damit sie die Unterstützung nicht bekam, dieser Jumbo, der eine Stelle nur so lange behielt, wie es ihm paßte, und seine Frau in die Obstgärten schickte, damit sie bei der Ernte einen Shilling pro Tag verdiente.

Sie begann leise vor sich hin zu stöhnen, als sie das Bild sah: den äußeren Anlaß von Jumbos Wutanfall. Das Glas war zerbrochen, die schönen bunten Farben hatten Teespritzer bekommen. Es war ein herrliches Gemälde, fand sie: ein großes, großes Schloß mit lauter Türmchen auf einem hohen Felsen, und dahinter Berge und Schnee. Vier Shillinge hatte es auf dem Markt am Coal-Quay gekostet. Jumbo gab bestimmt bei einer Saufrunde dreimal soviel Geld aus, aye, dreimal und sogar fünfmal soviel, und nun hatte er auch noch jede Tasse und Schüssel und jeden Teller im Haus auf das arme Bild geschleudert – weil es eine Verschwendung sei, hatte er gesagt.

Sie hörte das laute, zweimalige Klopfen des Briefträgers, und das Kind neben ihr erwachte und richtete sich auf. Sie hörte, wie der Brief unter die Tür geschoben wurde. Der kleine Johnny hörte es auch. Er kletterte aus dem Bett, tappelte im Nachthemd an die Tür und brachte ihr den Brief. Ein Brief mit einer Militärmarke; Jumbos Pension, die er alle Vierteljahr bezog. In einem neuen Zornesausbruch steckte sie den Brief unters Kopfkissen. Da mochte er warten! Sie würde ihn zurückhalten, bis Jumbo ihr am Freitag den Wochenlohn gab. Ja, jeden Penny wollte sie sich aushändigen lassen!

Der kleine Johnny begann zu weinen und verlangte sein Frühstück, und seufzend erhob sie sich und zog sich an. Während sie den Teekessel zum Kochen übers Feuer hängte, dachte sie wieder über all das Unrecht nach; dann fuhr sie zusammen, als sie den Jungen zwischen ihren Beinen entdeckte, wie er den Brief in dem langen Umschlag an die Flammen hielt, um den Kessel zum Kochen zu bringen. Sie riß ihm den Brief heftig aus der Hand und schlug ihm so wütend ins Gesicht, daß er zu weinen begann. Neugierig drehte sie den Brief in der Hand, bis ihr einfiel, daß Jumbos Pension ja erst im nächsten Monat fällig war. Sie zählte nach – ja, sie hatte recht. Aber weshalb bekam Jumbo denn seine Pension einen Monat vor der Zeit?

Als das Wasser kochte, brühte sie den Tee auf, schenkte ein und setzte sich an den Tisch. Der Brief stand angelehnt vor ihr, und sie starrte ihn an, als wollte sie sein Geheimnis durchs Papier hindurch entziffern. Doch als sie ihr Frühstücksbrot gegessen hatte, war sie genauso klug wie vorher, und in einem jähen Entschluß hielt sie den Umschlag in den Dampf der Tülle und löste den Leim auf. Sie zog einen Zettel heraus und legte ihn auf den Tisch. Es war eine Anweisung auf Geld – aber nicht die Art, die Jumbo sonst erhielt. Das Geschriebene bedeutete ihr nicht viel, was sie aber sehr bedeutsam fand, waren die zwei Zahlen in der einen Ecke – eine Zwei und eine Fünf – und davor ein Kringelzeichen. Das konnte nicht für Jumbo sein – oder doch? Mancherlei Argwohn regte sich in ihr, und gleichzeitig eine angenehme Erregung.

Sie dachte an Pa Kenefick. Pa war ein Studierter, er würde die Sache verstehen. Und Pa war gut zu ihr gewesen. Pa würde es zu schätzen wissen, wenn sie ihm den rätselhaften Zettel zu lesen gab, auch wenn es weiter nichts bedeutete, als daß Jumbos Pension jetzt auf andere Art ausbezahlt wurde. Pa Kenefick konnte daran erkennen, wie große Stücke sie auf ihn hielt.

Rasch warf sie sich das große schwarze Tuch um die Schultern und nahm den Kleinen bei der Hand. Sie ging durch die trübselige Gasse, in der sie wohnten, und dann die Straße entlang zu den Kenefick s. Sie klopfte an die Tür, und Mrs. Kenefick, deren Sohn durch genau diese Tür zu seinem Tod geschleppt worden war, machte auf. Sie sah überrascht aus, als sie die andere erblickte, und da erst begriff Jumbos Frau, wie früh am Tage es noch war. Sie fragte aufgeregt nach Pa. Er sei nicht zu Hause, sagte die Mutter, und sie wisse nicht, wann er nach Hause käme – falls er überhaupt käme. Als sie sah, wie niedergeschlagen Jumbos Frau war, fragte sie höflich, ob sie eine Bestellung ausrichten könne, denn Frauen wie diese hinterließen häufig Bestellungen, die für die Freiwilligen von Nutzen waren. Es sei nur für Pas Ohren bestimmt, sagte Jumbos Frau, und es sei eilig. Da bat Mrs. Kenefick sie ins Wohnzimmer, in dem ein Bild ihres ermordeten Sohnes Michael in seiner Freiwilligenuniform hing. Es sei zu gefährlich für die Freiwilligen, jetzt zu Hause zu bleiben, sagte sie, die Polizei kenne die Gegend schon zu gut, und innerhalb der letzten ein, zwei Monate seien über ein Dutzend verhaftet worden. Aber noch nie hatte sie Jumbos Frau so erregt gesehen, und sie fragte sich, was sie wohl tun könnte. Doch schließlich wurde die Frage gelöst, da ihre Tochter ausplauderte, wo Pa zu finden sei, und sofort lief die aufgeregte Frau mit dem Brief in der Hand die Straße hinauf und dann ins offene Gelände.

Sie klopfte an die Tür eines kleinen Bauernhauses, das abseits der Landstraße lag, und als die Tür aufgemacht wurde, sah sie Pa in Hemdsärmeln, der sich heißes Wasser in ein Becken goß, um sich zu rasieren. Seine ersten Worte bewiesen, daß er glaubte, Jumbo quäle sie wieder; doch sie hielt ihm stolz und ergeben den Brief hin, mit dem sie Eindruck bei ihm erwecken wollte. Er nahm ihn, las die Anschrift und holte den kleinen Zettel hervor. Sie sah, wie er die Brauen zusammenzog und die Lippen einkniff. Er hob den Kopf und rief: »Jim, Liam, kommt nach unten! Kommt schnell nach unten!« Der Ton, in dem er es sagte, erfreute sie ebensosehr wie das flinke Trappeln von Füßen im Bodenraum. Zwei Männer stiegen eine Leiter hinab, und Pa hielt ihnen den Zettel vor die Nase. »Seht euch das an!« rief er. Sie betrachteten den Zettel und drehten ihn um und studierten den Poststempel auf dem Umschlag. Sie begann in rasender Eile zu sprechen:

»Mr. Kenefick kann's Ihnen erzählen, Gentlemen, Mr. Kenefick weiß, daß Jumbo mir die Hölle macht! Hab ein kleines Bild gekauft, Gentlemen, ein herrliches Bild, Mr. Kenefick kann's bestätigen, hab vier Shilling dafür bezahlt, und Jumbo sagt, ich wär eine Verschwenderin. Ich darf wohl bemerken, Gentlemen, daß er dreimal soviel ausgibt, um sich den Bauch vollzuschlagen, dreimal soviel, wie ich für sein Heim und sein Kind ausgebe. Da sehen Sie mal, Gentlemen, wie er mich geschlagen hat, Mr. Kenefick kann's Ihnen erzählen, ich war blutüberströmt!«

»Hören Sie, gute Frau«, wurde sie von einem der beiden Männer unterbrochen, »wir sind Ihnen sehr dankbar, daß Sie uns den Brief gezeigt haben. Es steht etwas drin, was wir schon lange gern gewußt hätten. Wollen Sie nun so gut sein und nach Hause gehen und keiner Menschenseele etwas davon verraten, und wenn Jumbo Sie fragt, sagen Sie dann, es sei kein Brief gekommen!«

Natürlich würde sie ihnen zuliebe alles tun, sagte sie. Wo

doch Mr. Kenefick gekommen war, der reizende junge Mann, und sie aus den Händen des verrückten Scheusals gerettet hatte! Und wo ihr doch Mrs. Kenefick so leid tat, die arme kleine Frau, der sie den wackeren Sohn weggenommen hatten!

Die drei Männer mußten sie schließlich aus der Tür schieben; sie versicherten ihr, daß sie jetzt mit Jumbo quitt sei.

2

Mit einem Korb voll Essen unter dem Arm und dem kleinen Jungen an der andern Hand machte sie sich um die Mittagszeit auf den Weg durchs Armenquartier zu einer Fabrik im nördlichen Außenbezirk. Dort setzte sie sich neben einem kleinen Bach ins Gras – ihr üblicher Platz – und wartete auf Jumbo. Er kam gleichzeitig mit dem Sirenenklang, setzte sich neben sie ins Gras und, ohne auch nur guten Tag zu sagen, begann er das Essen aus dem Korb zu holen. Sie schwebte schon in Ängsten und Zweifeln. Was würde Jumbo wohl machen, wenn er das mit dem Brief herausfand? Denn herausfinden würde er es ja. Die Leute sagten immer, er hätte nicht mehr lange zu leben, und wenn er noch so groß und dick sei. Manche sagten, er hätte ein schwaches Herz, und andere, er sei von der Wassersucht so aufgedunsen und müsse sehr bald unter den größten Qualen sterben.

Sie saß in der warmen Sonne und beobachtete den Kleinen, der mit seinen Fingern im Bach planschte, und alle Bitterkeit wich von ihr. Sie hatte zwei schlimme Tage hinter sich, und nun, fand sie, könnte der Allmächtige wohl etwas Erbarmen mit ihr haben und ihr eine Woche oder sogar vierzehn Tage Ruhe gönnen, bis sie ihr kleines Heim wieder in Gang gebracht hatte. Jumbo aß ruhig und zufrieden; daran merkte sie, daß er seine Sauftour beinahe hinter sich hatte. Schließlich zog er sich die Mütze tief in die Augen und legte sich mit seinem breiten roten Gesicht in die Sonne. Sie saß da, die Hände im Schoß, und betrachtete ihn. Trotz allem sah er bloß wie ein fettes, schmollendes Riesenbaby aus. Eine Zeitlang lag er so, ohne sich zu rühren; dann reckte er sich, streckte die Beine aus und wälzte sich durchs Gras den Hang hinab, immer rundherum. Er grunzte vor Vergnügen, und dann blieb er am Rand des Schlackenwegs sitzen und blinzelte sie schläfrig an. Sie steckte die Hand in die Tasche. »Jim, möchtest du Geld für 'n bißchen Tabak?« Er starrte sie ein Weilchen schweigend an. »Ist kein Brief für mich gekommen?« fragte er, und der Mut sank ihr. »Nein, Jim«, sagte sie matt, »was für'n Brief hast du denn erwartet?« – »Das geht dich nix an. Gib mir 'n bißchen Kleingeld für'n Schluck zu trinken!« Sie holte sechs Pennies hervor, und er stand auf und ging weg.

Den ganzen Nachmittag machte sie sich Sorgen wegen Pa Kenefick und seiner beiden Freunde – obwohl es ja bestimmt gutmütige, freundliche Menschen waren. Sie war froh, als Jim zum Abendbrot heimkehrte: sie fühlte sich sicherer, als sie den dicken Klotz von einem Mann in der Ecke sitzen sah, wie er die Beine von sich streckte. Er hatte seine gute Laune fast wiedergewonnen, befahl ihr, den Schnabel zu halten, wenn die Zunge ihr davonlief, oder schimpfte über die ›Lumpenkerle‹, die ihn am vergangenen Abend besoffen gemacht hätten. Sie hatte den Tisch fertig abgeräumt, als ein Lastwagen durch die Straße rumpelte und am Ende ihrer Gasse hielt. Das Herz blieb ihr fast stehen. Sie rannte an die Tür und schaute hinaus: zwei Männer kamen die Gasse herauf, und der eine trug eine Maske. Als sie sie sahen, fielen sie in Trab. »Barmherziger Heiland!« schrie sie auf, schoß ins Haus und schlug hinter sich die Tür zu, die sie sofort verriegelte. Jumbo stand langsam auf. »Was ist los?« fragte er. »Der Brief!« – »Welcher Brief?« – »Ich hab ihn Pa Kenefick gezeigt – den Brief von der Kaserne!« – Auf Jumbos Stirn schwollen die blauen Adern an, als wollten sie bersten. Er konnte kaum sprechen, stürzte aber an den Kamin und fuchtelte mit dem Schürhaken. »Das sollst du mir büßen«, flüsterte er heiser, »und wenn's das letzte ist, was ich in diesem Leben mache!« – »Laß mich! Laß mich!« kreischte sie. »Sie sind schon an der Tür!« Sie lehnte sich mit dem Rücken an die Tür und spürte, wie ein Mann dagegen stieß. Jumbo hörte es; er blickte sie mit zusammengekniffenen, verzweifelten Augen an, und dann winkte er ihr, an die Hoftür zu kommen. Sie ging auf Zehenspitzen hin und machte ihm leise die Tür auf. »Rasch«, sagte er, »hilf mir rauf, um Gottes willen!« Er trat an die Mauer, die fast doppelt so hoch wie er selber war, doch es waren Vorsprünge darin, so daß er hinaufsteigen konnte. Sie hielt ihm die Füße, und schnaufend und knurrend klomm er mühsam höher, bis sein Kopf fast in einer Höhe mit der Mauerkrone war; mit einer gewaltigen Kraftanstrengung zog er seinen schweren Körper hinauf und legte sich der Länge nach auf die spitzige Kante. »Halt sie auf, du!« rief er leise nach unten. »Hier, nimm!« flüsterte sie und reichte ihm das Schüreisen zu.

In der kleinen Küche war es dunkel. Sie schlich sich an die Tür und lauschte mit angehaltenem Atem. Kein Laut war zu hören. Sie verging fast vor Angst und Ungeduld. Plötzlich begann der kleine Johnny laut zu heulen. Sie nahm den Schlüssel und schloß und riegelte die Tür wieder auf. Kein Laut. Endlich machte sie die Tür etwas weiter auf. In der Gasse war kein Mensch zu sehen. Die Nacht brach an – vielleicht konnte er ihnen doch noch entkommen. Nachdem sie das weinende Kind eingesperrt hatte, lief sie hastig die Gasse entlang.

Der Lastwagen stand noch auf der gleichen Stelle, und ein Mann beugte sich über das Steuer und rauchte eine Zigarette. Er lächelte ihr zu. »Haben sie ihn noch nicht?« fragte er. »Nein«, antwortete sie mechanisch. »Ach, verflucht«, rief er, »wenn sie den erwischen, geben sie ihm keinen sanften Tod!« Sie stand da und blickte die Straße hinauf und hinab, und immer noch herrschte eine grauenhafte Stille. Hinter jedem Fenster flammten schon die Lichter auf, aber keine Menschenseele ließ sich blicken. Endlich stürzte ein unbekannter junger Mann im Regenmantel die Gasse entlang, ihnen entgegen. »Obacht da!« schrie er. »Er ist uns entwischt! Gib auf die Gasse und auf die Straße acht! Schieß aber nur, wenn du ihn bestimmt triffst!« Er bog in die Straße und dann in die nächste Gasse ein.

Der junge Mann am Steuer löschte sorgsam seine Zigarette, steckte den Stummel in die Westentasche und überquerte die Straße. Auf der andern Seite lehnte er sich nachlässig gegen die Mauer und zog einen schweren Revolver hervor. Sie überquerte ebenfalls die Straße und stellte sich neben ihn. Ein alter Laternenanzünder tauchte aus einer der vielen Gassen auf, die von der Stadt heraufführten. Er ging an ihnen vorbei zum nächsten Laternenpfahl. »Jumbo ist ein Vieh«, sagte der junge Mann tröstend, »den sollte ich selbst im Dunkeln nicht verfehlen. Aber 's ist eine Schande, daß sie in den Seitengassen keine Laternen haben.« Der alte Laternenanzünder verschwand am oberen Ende der Straße, nachdem er zwei oder drei bleiche Lichtkreise hinter sich gelassen hatte.

Sie standen da und blickten in die kleine Gasse, die oberhalb und unterhalb an einer kurzen Reihe von Hütten vorbeikletterte, und sprachen kein Wort. Plötzlich erstarrte der junge Mann und deutete dann mit der Linken auf den erloschenen Abendhimmel. Am Ende der oberen Häuserreihe zog sich eine Gestalt langsam an einem Schornstein in die Höhe; sie konnten sie kaum erkennen, aber ihr war es ganz klar, wer es war. Der junge Mann spuckte auf den Lauf seines Revolvers und zielte – im gleichen Augenblick schien die Gestalt einen Luftsprung zu machen und verschwand im Schatten der Hütten. »Verdammt noch eins«, fluchte der Mann leise, »das war aber schade!« Sie dagegen kreischte: »Jumbo! Mein armer Jumbo! Er ist tot! Er ist tot!« und weinte und rang die Hände. Der junge Mann blickte sie drollig verblüfft an. »Ist doch nicht die Möglichkeit!« rief er. »Da sind Sie wohl seine Witwe, Ma'am?« – »Gott wird's Ihnen schon heimzahlen«, drohte sie und lief zu der Stelle hin, wo sie Jumbo vermutete.

Am Ende der Gasse scheuchte ein Mann mit Revolver sie zurück. »Ist er tot?« kreischte sie ihn an. »Sie wissen doch verdammt genau, daß er nicht tot ist«, schnauzte er wütend. Ein anderer Mann, der eine Maske trug, kam aus einer Hütte und sagte: »Er ist uns wieder entwischt. Bleib du hier! Ich geh die Jameson-Lane hinunter.« Der erste Mann fragte: »Wie hat er's fertiggebracht?« – »Über die Dächer! 's ist das reinste Labyrinth, und die Leute hier machen keinen Finger krumm, um uns beizustehen.«

Stundenlang ging das Duell im Dunkeln weiter, ohne daß ein Schuß abgefeuert wurde. Die Nachbarn verrieten Jumbo nicht – aus einer Barmherzigkeit heraus, die sie jeder gehetzten Kreatur erwiesen. Seine Frau kehrte verzweifelt auf die Straße zurück. Der Fahrer blieb bei seinem Wagen, während Jumbos Frau die Straße auf und ab rannte und in jede schmale Gasse hineinspähte. Es kam ihr nicht in den Sinn, Beistand zu holen. Auf der andern, tiefer gelegenen Straßenseite war ein ähnliches Gewirr von Gäßchen, und alle waren abschüssig oder von Steintreppen unterbrochen und führten in die Stadt hinunter. Das war der einzige Fluchtweg für Jumbo, und deshalb behielt sie die Gasseneingänge im Auge.

Vom Shandon-Turm schlug es elf. Zitternd zählte sie die Glockenschläge. Dann hörte sie in einer von Norden herkommenden Gasse wildes Getrampel eisenbeschlagener Stiefel; leichtere Schritte folgten sehr rasch. Eine dunkle Gestalt tauchte aus einer oberen Gasse auf und rannte ums Leben. Sie lief mitten auf die Straße und öffnete ihr schwarzes Umschlagtuch, das sie wie Vogelschwingen umflatterte. »Jumbo! Mein süßer Jumbo!« jammerte sie. »Scher dich weg, alte Krähe!« keuchte er und raste an ihr vorbei.

Sie hörte, wie er mit einem Satz die ersten Steinstufen der

abwärtsführenden Gasse hinabsprang. Eine Sekunde drauf sauste der Mann aus der oberen Gasse hervor und stürzte auf sie zu, aber sie trat rasch in die Gasse und versperrte ihm den Weg. Er überrannte sie in vollem Lauf, und sie schlugen beide hin. Im Fallen warf sie ihm ihr schwarzes Tuch über den Kopf, und zusammen rollten sie den abschüssigen Durchgang hinunter, bis zum Beginn der nächsten Treppe. Er versuchte krampfhaft, sich von dem widerlichen Tuch zu befreien, das sie ihm um Kopf und Schulter gewickelt hatte und in das sie ihn immer fester verstrickte. Er verwünschte ihre Kraft und würgte sie, während sie die Stufen hinunterrollten. Dann kamen die andern und rissen ihn aus ihrer Umklammerung.

Aber Jumbo war ihnen inzwischen längst entkommen.

3

Am nächsten Morgen ging sie betäubt durch die Stadt und fragte jeden Polizisten, der ihr begegnete, wo Jumbo sei. In der Kaserne oben auf dem Hügel sagten sie, er wäre im städtischen Polizeirevier. Dem jungen englischen Offizier, der ihr Auskunft gab, erklärte sie, wie und wo man Pa Kenefick erwischen könne. Er hörte ihr angewidert zu, und seine Haltung blieb ihr ein Rätsel. Jumbo jedoch, der unten in der Polizeiwache vor dem Feuer saß, war über seine Lage aufgeklärt worden. Er saß so finster und bleich und gebrochen da, daß sie erschrak. Und dabei war sie doch so stolz, weil er hatte entkommen können! Er fiel auch nicht über sie her, wie sie befürchtet hatte, und beschimpfte sie nicht. Er blickte nur auf und sagte bitter und ohne jede Hoffnung: »Die da ist schuld an allem!« Als alter Soldat war er zutiefst verletzt, daß die vom Militär ihn nicht haben wollten, sondern ihn der Polizei in Schutzhaft übergeben hatten. »Jetzt nütze ich ihnen nicht mehr«, grollte er. »Und das ist der Dank für alles, was ich für sie getan habe. Woll'n mich los sein, weil ich zu nichts mehr tauge!« Seine Frau unterbrach ihn leidenschaftlich: »Pa Kenefick ist an allem schuld! Und dabei hat mein armer, guter Mann ihm nie was zuleide getan – ihm und seinem Bruder nicht!« Bei ihren Worten begann der Polizist zu kichern, und Jumbo befahl ihr zornig, den Mund zu halten. »Aber ich hab dem englischen Offizier erzählt, wo sie Pa finden können«, fuhr sie unbekümmert fort. »Was war das?« fragte der Polizist hellhörig, und sie erzählte ihm, wie sie Pa Kenefick oben, abseits der Landstraße in einer kleinen Hütte gefunden hatte.

Jeden Tag ging sie zur Polizeiwache, um Jumbo zu besuchen. Wenn das Wetter gut war, saßen sie im kleinen Garten hinter dem Haus, denn auf die Straße wagte sich Jumbo nur in der Dunkelheit und mit Polizeipatrouillen. In ihrer Nachbarschaft wollte kaum noch einer mit ihr sprechen, denn in der zweiten Nacht nach Jumbos Flucht war die kleine Hütte auf dem Lande draußen, in der sie Pa Kenefick gesehen hatte, von maskierten Polizisten umzingelt und zerstört worden. Pa und seine Freunde waren natürlich längst fort. Jetzt haßten sie die Nachbarn, und vor lauter Sorge, was Jumbo passieren könnte, setzte sich der Gedanke in ihr fest, sie müsse Pa Kenefick ›erledigen‹. Erst dann wäre Jumbo sicher, dachte sie in ihrem wilden, wirren Sinn. Wegen Pa würde sie ›gern baumeln‹, erklärte sie den Polizisten trotzig.

Jumbo ging es immer schlechter. Sein Gesicht war nicht mehr ziegelrot, sondern grau. Er klagte über Schmerzen und verbrachte manche Tage im Bett. Sie hatte gehört, daß gegen seine Krankheit das Tragen von rotem Flanell gut sei, und hatte ihm ein rotes Flanellnachthemd gemacht, in dem er wie ein Spuk aussah mit seinem grauen Haar, dem fahlen Gesicht und den geschwollenen Händen, die aus den weiten, knallroten Ärmeln hervorquollen. Er bat um Einlieferung ins Militärhospital, das in dem von englischen Truppen beschützten Gebiet lag, doch die Bitte wurde ihm schroff abgeschlagen.

Daraufhin brach er gänzlich zusammen. Für das Militär, für das er sein Leben in die Schanze geschlagen hatte, war er nur ein Spion, ein gewöhnlicher Spion, der seinen Feinden preisgegeben wurde, weil er wertlos geworden war. Die Polizisten hatten Mitleid mit ihm, denn auch sie wurden von den englischen Truppen verachtet, aber sie konnten nichts für ihn tun.

Als sie eines Abends zu ihm kam, hatte er gerade einen Anfall, und drei Polizisten im Aufenthaltsraum rangen mit ihm und versuchten, ihm einen geladenen Karabiner aus der Hand zu winden. Er wollte Blut sehen, brüllte er, und wollte ein paar von den Teufeln, die nichts mehr von ihm wissen wollten, durchlöchern, ehe er selber Blei schmecken mußte. Er wollte alles erschießen, was ihm in den Weg kam. In seinem Wahn hatte er Riesenkräfte und schleuderte die Polizisten von sich, daß sie gegen die Wände torkelten. Dann brach er plötzlich zusammen und lag wie gefällt bewußtlos auf dem Boden. Als sie ihm Whisky einflößten und ihn wieder zur Besinnung brachten, blickte er ihnen traurig der Reihe nach ins Gesicht und verwünschte Gott und den König, die Republikaner und Irland und das Land, dem er gedient hatte.

»Kimberley, Pietermaritzburg, Bloemfontein«, ächzte er. »Ach, du treulose Hure, was hab ich für dich gekämpft und gelitten! Gottes Fluch soll dich treffen!... Hörst du mich? Die Überfahrt soll'n sie mir zahlen, dann geh ich nach Indien und kämpfe gegen die Schwarzen für dich!«

Sie begriffen alle, gegen wen sich sein Haß richtete.

»Gib jetzt nach, Jumbo«, riet ihm seine Frau scheu. Sie glaubte, er läge schon im Sterben. »Gib nach und schick dich in Gottes heiligen Willen!«

»Das will ich nicht!« schrie er und trommelte sich mit beiden Fäusten auf die Brust. »'s ist keine Krankheit, die mich quält – sondern Kummer! Sie soll'n mir die Überfahrt zahlen! Ach, warum bin ich nicht bei den braven Kameraden geblieben, die wir draußen begraben mußten – anstatt daß ich hier zum Spott werde! Mußten jung sterben, aber sie haben nichts von der Grausamkeit der Welt zu spüren bekommen.«

Das Militärhospital war ihm abermals verweigert worden. Auch die Polizisten wären ihn gern losgeworden und hätten ihn am liebsten in ein Krankenhaus in der Stadt abgeschoben. Doch dort würde jeder ihn kennen, und schließlich würden seine Feinde ihn finden. Er tat keinen Schritt mehr aus der Polizeiwache. Die Krankheit hatte sein Gesicht verändert: die einzige Rettung, die ihm blieb, lag darin, es noch unkenntlicher zu machen. Er ließ sich einen Bart wachsen.

Und die ganze Zeit lag seine Frau auf der Lauer und wartete auf Pa Kenefick. Stundenlang stand sie an der Halbtür und paßte auf. Zweimal sah sie ihn am Ende der Gasse vorbeigehen, und jedesmal rannte sie zur Polizeiwache, doch bis dann endlich ein Wagen voller Polizisten ohne Uniform vor Kenefick's Haustür vorfuhr, war Pa weg. Dann kam er überhaupt nicht mehr nach Hause, und sie beobachtete seine Mutter und seine Schwester und brachte sogar dem kleinen Johnny bei, ihnen zu folgen. Aber der Junge war zu klein und konnte nicht schnell genug laufen. Wenn sie durch die Straße zur Stadt hinunterging, verschwanden alle Frauen, die vor der Haustür gestanden hatten, von der Schwelle und schlossen ihre Tür.

Eines Tages sagte ihr der wachhabende Polizist, Jumbo sei nicht mehr da. Er sei in ein Krankenhaus geschafft worden, sagte er grob, und wenn sich sein Zustand verschlimmere, würde sie benachrichtigt werden. Sie merkte an seinem Verhalten, daß die Soldaten ihn nicht ins Militärhospital aufgenommen hatten; also war seine einzige Rettung sein verändertes Aussehen und ein angenommener Name – falls er nicht, was leicht möglich war, schon im Sterben lag, so daß es die Rebellen nicht mehr der Mühe wert fanden, ihn noch zu erschießen.

Jetzt, da sie ihn nicht mehr besuchen konnte, schlich eine

große Leere in ihr Leben, die sie nur mit Grübeln und mit Haß ausfüllen konnte. Alles in ihr war Abscheu gegen Pa Kenefick, der an allem schuld war, weil sie ihm in ihrer Dummheit den Brief gezeigt hatte. Und dann hatte er ›die lausigen Schinder‹ über sie gebracht, die jetzt über Jumbo herfallen würden, der wehrlos und krank im Bett lag! »O Gott, gib mir Kraft!« betete sie. »Ich muß ihm sein Maul mit Erde stopfen! O Gott, ich muß Pa Kenefick ein Ruheplätzchen verschaffen!«

Eine Woche lang tobte sie wie eine Besessene.

4

Eines Tages dann, als sie wieder einmal am Ende der Gasse stand, sah sie von weitem Pa Kenefick und einen andern Mann die Straße herunterkommen. Sie trat zurück und ließ sich nicht blicken, sondern wartete, bis sie vorbei waren. Dann folgte sie ihnen. Auf der breiten, offenen Straße war das gar nicht so einfach, aber sie zog sich ihr Tuch tief ins Gesicht und ging geduckt, so daß sie aus der Ferne für eine alte Frau gelten konnte. Unbemerkt kam sie bis an den Fuß des Hügels, und danach war es verhältnismäßig leicht, ihnen durch die überfüllten, engen Seitenstraßen der Stadt zu folgen, in denen jede zweite Frau ein schwarzes Tuch trug. Doch sie gingen so rasch, daß es ihr schwerfiel, mit ihnen Schritt zu halten, und ein paarmal mußte sie Abkürzer benutzen, die sie offenbar nicht kannten, und verlor sie dann vorübergehend aus den Augen. Sie überquerten schon die große Brücke, und sie wurde unsicher, denn das Viertel jenseits des Flusses war ihr unbekannt. Und die ganze Zeit hatte sie weder einen Polizisten noch einen Soldaten erblickt.

Müde lehnte sie sich an eine Mauer und öffnete den Schal ein wenig, um mehr Luft zu bekommen. »Ach, bitte«, fragte sie eine Vorübergehende, »was für eine Straße ist das hier?«

– »Die Mallow Road«, wurde ihr gesagt, und weil die Auskunft anscheinend nicht ausreichte, fragte die andere Frau weiter, wohin sie wolle. Weil Jumbos Frau bedrückt schwieg, forschte die andere teilnahmsvoll, ob sie vielleicht ins Krankenhaus wolle. Jumbos Frau stand einen Augenblick wie gelähmt. »Ins Krankenhaus?« flüsterte sie. »Barmherziger Gott, ins Krankenhaus!« Dann kam sie zur Besinnung und lief auf den Fahrdamm hinaus. »Haltet sie!« kreischte sie los. »Haltet sie! Mörder! Mörder! Haltet sie!«

Die beiden Männer waren schon weit voraus, hörten sie aber doch und blickten sich um. Der eine trat vor und winkte einem vorbeifahrenden Wagen. Dann sprangen beide hinein und fuhren davon. Inzwischen hatte sich eine kleine Menschenmenge um die Frau geschart, doch als sie hörten, was die Rufe der Frau zu bedeuten hatten, stahlen sie sich fort. Nur die Frau, die sie angesprochen hatte, blieb bei ihr. »Kommen Sie mit, Sie Arme!« sagte sie. »Es ist nur ein Katzensprung von hier.«

Eine Straßenbahn brachte sie bis vors Portal, und Jumbos Frau und die andere Frau eilten hinein. Sie fragte nach Jumbo Geany, doch die Auskunft blickte sie verständnislos an und fragte, in welche Abteilung sie wolle. »Vor ein paar Minuten haben zwei Männer nach ihm gefragt«, rief sie wild, »wo sind die hingegangen?« – »Ah, jetzt weiß ich«, wurde ihr gesagt: »Drüben in den St.-George's-Bau.«

Unterdessen hatten sich drüben im St.-George's-Bau drei Nonnen und ein Wärter um den Abteilungsarzt geschart, einen großen jungen Mann, dem der Wärter aufgeregt auseinandersetzte: »Ich konnte sie nicht daran hindern! Ich hab ihnen gesagt, er liegt in den letzten Zügen, aber sie haben mir nicht geglaubt!« Der Wärter deutete auf ein leeres Bett: »Da hat er noch gelegen, als die Frau mit dem Korb kam, eine Art Hausiererin war's. Sie hat ihn scharf angesehen und dann die Bettücher fortgezogen. ›Bist du's, Jumbo?‹ hat sie gefragt, und der arme Mensch fährt im Bett hoch und fragt laut: ›Sie verraten mich doch nicht? Versprechen Sie's mir, daß Sie mich nicht verraten!‹ Da lacht sie und antwortet: ›Schade, daß dir so was nicht in den Sinn gekommen ist, als du Mike Kenefick verraten hast!‹ Und als sie weg war, wollte er aufstehn und nach Hause gehn. Hab's ihm angesehn, daß er im Sterben lag, hab den Priester und Doktor Connolly rufen lassen, und er wurde mir schwach, und dann kamen die beiden und verlangten eine Tragbahre, und ...« Der Wärter brach in Tränen aus.

Im gleichen Augenblick erschien Jumbos Frau, eine irre, entsetzte Gestalt. Das Tuch war ihr vom Kopf geglitten, und die Haare fielen ihr ins Gesicht. »Jumbo Geany?« fragte sie. »Sie kommen zu spät«, erklärte der junge Arzt heiser. »Sie haben ihn mitgenommen. – Halt, gehn Sie nicht! Gehn Sie nicht!« rief er, als sie ans Fenster stürzte, das auf den Garten hinter dem Krankenhaus führte. »Sie dürfen nicht dorthin!« Doch sie riß sich los, und nur ihr altes schwarzes Tuch blieb in seinen Händen. Sie lief allein durch den kleinen Garten und zu der Stelle, wo ein anderes Gebäude vorstieß und die Sicht versperrte. Rasch hintereinander hörte sie drei Schüsse knallen, dann flog eine Pforte ins Schloß. Es war das kleine Gartentor, das auf eine andere Straße führte. Daneben entdeckte sie eine Tragbahre mit dem Leichnam eines Mannes darauf. Laut schreiend warf sie sich über den Leichnam und achtete nicht auf das Blut, das aus der Achselhöhle und aus einer Kopfwunde floß. Es war Jumbo; er war nur mit einem Nachthemd bekleidet. Der Bart entstellte ihn bis zur Unkenntlichkeit. Seine langen, dünnen Beine waren nackt; die Zehen zuckten noch. Die drei Schüsse hatten jeder eine Wunde hinterlassen, zwei über dem Herzen und eine an der Schläfe. An dem billigen Flanellnachthemd steckte ein kleiner Zettel, auf dem stand, mit der Maschine geschrieben, das Wort SPION.

So hatten sie das Konto von Jumbos Frau endlich bereinigt.

Frank O'Connor
im Diogenes Verlag

Gesammelte Erzählungen – über 30 davon erstmals deutsch – in 6 Bänden, geordnet und übertragen von Elisabeth Schnack

Und freitags Fisch
Gesammelte Erzählungen I. detebe 85/I

Mein Ödipus-Komplex
Gesammelte Erzählungen II. detebe 85/II

Don Juans Versuchung
Gesammelte Erzählungen III. detebe 85/III

Eine unmögliche Ehe
Gesammelte Erzählungen IV. detebe 85/IV

Eine selbständige Frau
Gesammelte Erzählungen V. detebe 85/V

Brautnacht
Gesammelte Erzählungen VI. detebe 85/VI

Außerdem erschienen:

Die Reise nach Dublin
Roman. Deutsch von Elisabeth Schnack

Einziges Kind
Autobiographie I. Deutsch von Elisabeth Schnack

Meines Vaters Sohn
Autobiographie II. Deutsch von Elisabeth Schnack

Irische Autoren
im Diogenes Verlag

Edna O'Brien

Das Mädchen mit den grünen Augen
Roman. Deutsch von Margaret Carroux

Das Liebesobjekt
und andere Erzählungen. Deutsch von Elisabeth Schnack

X, Y & Zee
oder Deine Freundin ist bezaubernd. Deutsch von Elisabeth Schnack

Plötzlich im schönsten Frieden
Roman. Deutsch von Margaret Carroux

Sean O'Casey

Ich klopfe an
Autobiographie I. Deutsch von Georg Goyert.
Mit einer Einleitung von Kaspar Spinner.

Bilder in der Vorhalle
Autobiographie II. Deutsch von Georg Goyert.

Trommeln unter den Fenstern
Autobiographie III. Deutsch von Werner Beyer.

Irland, leb wohl!
Autobiographie IV. Deutsch von Werner Beyer.

Rose und Krone
Autobiographie V. Deutsch von Werner Beyer.

Dämmerung und Abendstern
Autobiographie VI. Deutsch von Werner Beyer.

Purpurstaub
Eine abwegige Komödie. Deutsch von Helmut
Baierl und Georg Simmgen. detebe 2/1

Dubliner Trilogie

Der Schatten eines Rebellen – Juno und der Pfau – Der Pflug und die Sterne. Deutsch von Maik Hamburger, Adolf Dresen, Volker Canaris und Dieter Hildebrandt. detebe 2/II

O'Casey – Eine Auswahl

aus den Stücken, der Autobiographie und den Essays. Mit einem Vorwort von Heinrich Böll und einem Nachwort von Klaus Völker. Herausgegeben mit Anmerkungen, einer Chronik und Daten zur irischen Geschichte von Urs Widmer. Ein Diogenes Sonderband

Sean O'Faolain

Sünder und Sänger

Erzählungen. Auswahl und Übersetzung von Elisabeth Schnack. detebe 102/I

Liam O'Flaherty

Ich ging nach Rußland

Ein politischer Reisebericht. Deutsch von Heinrich Hauser. detebe 16

Armut und Reichtum

Erzählungen. Auswahl und Übersetzung von Elisabeth Schnack. detebe 103/I

Hungersnot

Roman. Deutsch von Herbert Roch. Ein Diogenes Sonderband

Diogenes Taschenbücher

65/I Leblanc, *Arsène Lupin – Der Gentleman-Gauner*
65/II Leblanc, *Die hohle Nadel*
66/I o Conrad, *Lord Jim*
66/II o Conrad, *Der Geheimagent*
66/III o Conrad, *Das Herz der Finsternis*
67/I Wells, *Der Unsichtbare*
67/II Wells, *Der Krieg der Welten*
67/III o Wells, *Die Zeitmaschine*
67/IV o Wells, *Die Geschichte unserer Welt*
67/V Wells, *Das Land der Blinden*
68 Belloc Lowndes, *Jack the Ripper* *
69/I Hammett, *Der Malteser Falke*
69/II Hammett, *Rote Ernte*
69/III Hammett, *Der Fluch des Hauses Dain*
69/IV Hammett, *Der gläserne Schlüssel*
69/V Hammett, *Der dünne Mann*
70/I Chandler, *Der große Schlaf*
70/II Chandler, *Die kleine Schwester*
70/III Chandler, *Das hohe Fenster*
70/IV Chandler, *Der lange Abschied*
70/V o Chandler, *Die simple Kunst des Mordes*
70/VI Chandler, *Die Tote im See*
70/VII Chandler, *Lebwohl, mein Liebling*
70/VIII Chandler, *Playback*
70/IX Chandler, *Mord im Regen*
71 Christie, *Villa Nachtigall*
72 Simenon, *Die Glocken von Bicêtre*
73 Stoker, *Draculas Gast*
74/I Highsmith, *Der Stümper*
74/II Highsmith, *Zwei Fremde im Zug*
74/III Highsmith, *Der Geschichtenerzähler*
74/IV Highsmith, *Der süße Wahn*
74/V Highsmith, *Die zwei Gesichter des Januars*
74/VI Highsmith, *Der Schrei der Eule*
74/VII Highsmith, *Tiefe Wasser*
74/VIII Highsmith, *Die gläserne Zelle*
74/IX Highsmith, *Das Zittern des Fälschers*
74/X Highsmith, *Lösegeld für einen Hund*
75/I Ambler, *Die Maske des Dimitrios*
75/II Ambler, *Der Fall Deltschev*
75/III Ambler, *Eine Art von Zorn* *
75/IV Ambler, *Schirmers Erbschaft*
75/V Ambler, *Die Angst reist mit* *
75/VI Ambler, *Der Levantiner*
75/VII Ambler, *Waffenschmuggel*
76 Aiken, *Die Kristallkrähe* *
77/I Slesar, *Das graue distinguierte Leichentuch*
77/II Slesar, *Vorhang auf, wir spielen Mord!* *
77/III Slesar, *Erlesene Verbrechen*

77/IV Slesar, *Ein Bündel Geschichten*

78 o Lardner, *Geschichten aus dem Jazz-Zeitalter*

79 o Sacharow, *Wie ich mir die Zukunft vorstelle*

80/I Chaval, *Zum Lachen*

80/II Chaval, *Zum Heulen*

80/III Chaval, *Hochbegabter Mann*

81 o Friedell, *Die Rückkehr der Zeitmaschine*

82 Loriot, *Kleiner Ratgeber*

83 o *Das Tintenfaß, Nr. 24* *

84 Sempé, *Volltreffer*

85/I o O'Connor, *Und freitags Fisch*

85/II o O'Connor, *Mein Ödipus-Komplex* *

85/III o O'Connor, *Don Juans Versuchung* *

85/IV o O'Connor, *Eine unmögliche Ehe* *

85/V o O'Connor, *Eine selbständige Frau* *

85/VI o O'Connor, *Brautnacht* *

86 Faulkner, *Der Springer greift an*

87 Quentin, *Bächleins Rauschen tönt so bang*

88 Hare, *Mörderglück*

89 Geen, *Tolstoi wohnt in 12N B9* *

90/I o D. H. Lawrence, *Der preußische Offizier* *

90/II o D. H. Lawrence, *England, mein England* *

90/III o D. H. Lawrence, *Die Frau, die davonritt* *

90/IV o D. H. Lawrence, *Der Mann, der Inseln liebte* *

90/V o D. H. Lawrence, *Der Fremdenlegionär* *

90/VI o D. H. Lawrence, *Der Fuchs*

90/VII o D. H. Lawrence, *Der Hengst St. Mawr*

90/VIII o D. H. Lawrence, *Liebe im Heu* *

91 Price, *Der kleine Psychologe*

92 Childers, *Das Rätsel der Sandbank* *

93/I Buchan, *Die neununddreißig Stufen*

94 Siné, *Katzenjammer*

95/I-VII o Molière, *Komödien in 7 Bänden* *

96 o Schnitzler, *Spiel im Morgengrauen*

97/I o Fitzgerald, *Der große Gatsby*

97/II o Fitzgerald, *Der letzte Taikun*

98/I Millar, *Liebe Mutter, es geht mir gut*

98/II Millar, *Die Feindin*

99/I Macdonald, *Dornröschen war ein schönes Kind* *

99/II Macdonald, *Unter Wasser stirbt man nicht*

99/III Macdonald, *Ein Grinsen aus Elfenbein*

99/IV Macdonald, *Die Küste der Barbaren*

99/V Macdonald, *Der Fall Galton*

99/VI Macdonald, *Gänsehaut*

100 o *Das Tintenfaß, Nr. 25* *

101 Gorey/Phypps, *Das jüngst entjungferte Mädchen*

102/I o O'Faolain, *Sünder und Sänger*

103/I o O'Flaherty, *Armut und Reichtum*

104 Becker, *Russisch Roulette* *

105 o Poe, *Der Untergang des Hauses Usher*

106 Bierce, *Die Spottdrossel*

107 O. Henry, *Glück, Geld und Gauner*

108/I Haggard, *Sie*

109 Hornung, *Raffles – Der Dieb in der Nacht*
110/I Heller, *Herrn Collins Abenteuer*
111 Hearson, *Euer Gnaden haben geschossen?*
112 o Wollschläger, *Karl May*
113 o Wollschläger, *Die Gegenwart einer Illusion* *
114 o Plomer, *Turbott Wolfe*
115 o Lessing, *Hunger* *
116 Richartz, *Das Leben als Umweg* *
117 o *Das Diogenes Lesebuch amerikanischer Erzähler* *
118 o *Das Diogenes Lesebuch englischer Erzähler* *
119 o *Das Diogenes Lesebuch irischer Erzähler* *
120/I *Dolly Dolittle's Crime Club I*
120/II *Dolly Dolittle's Crime Club II*
121 Lodemann, *Anita Drögemöller*
122 o *Das Tintenfaß, Nr. 26* *
123 Ungerer, *Der erfolgreiche Geschäftsmann*
124 Moss/Gorey, *Augenblicke aus dem Leben großer Geister* *
125/I o Maugham, *Honolulu*
125/II o Maugham, *Das glückliche Paar*
125/III o Maugham, *Vor der Party*
125/IV o Maugham, *Die Macht der Umstände*
125/V o Maugham, *Lord Mountdrago*
125/VI o Maugham, *Fußspuren im Dschungel*
125/VII o Maugham, *Ashenden oder Der britische Geheimagent*
125/VIII o Maugham, *Entlegene Welten*
125/IX o Maugham, *Winter-Kreuzfahrt*
125/X o Maugham, *Fata Morgana*
126 Topor, *Der Mieter* *
127 Bradbury, *Der illustrierte Mann*
129 Dumas, *Horror in Fontenay* *
130/I–XL o Balzac, *Die menschliche Komödie*
131 Bellairs, *Das Haus das tickte* *
132 Cullingford, *Post mortem* *
133 Armstrong, *Mein Leben in New Orleans*
134 o Hesse, *Heumond*
135/I Simenon, *Brief an meinen Richter*
135/II Simenon, *Der Schnee war schmutzig*
135/III Simenon, *Die grünen Fensterläden*
135/IV Simenon, *Im Falle eines Unfalls*
135/V Simenon, *Sonntag*
135/VI Simenon, *Bellas Tod*
135/VII Simenon, *Der Mann mit dem kleinen Hund*
135/VIII Simenon, *Drei Zimmer in Manhattan*
135/IX Simenon, *Die Großmutter*
136 o *Das deutsche Tintenfaß, Nr. 27* *
137 o Shakespeare/Kraus, *Sonette*
138 o Richartz/Widmer, *Shakespeares Geschichten* *
139 o Heine, *Gedichte*
140/I–IV o Schopenhauer, *Die Welt als Wille und Vorstellung I/II*
140/V–VI o Schopenhauer, *Kleine Schriften*
140/VII–X o Schopenhauer, *Parerga und Paralipomena I/II*
141 o Gogol, *Die toten Seelen*
142 o Melville, *Moby-Dick*